ミカグラ学園組曲

無気力クーデター

2

赤間遊兎
トーきゅん
にゃみりん

熊野さん
演劇部部員

赤間遊兎
Yuto Akama
一宮エルナ
Eruna Ichinomiya

九頭竜京摩
Kyoma Kuzuryu
二宮シグレ
Sigure Ninomiya

射水アスヒ
Asuhi Imizu
八坂ひみ
Himi Yasaka

湊川貞松
Sadamatsu Minatogawa
御神楽星鎖
Seisa Mikagura

花袋《かたい》めいか
Meika Katai
離宮《りきゅう》ルミナ
Rumina Rikyu
鳴海《なるみ》クルミ
Kurumi Narumi

ミカグラ学園組曲2
無気力クーデター

Last Note.

MF文庫J

ミカグラ学園組曲 ② 無気力クーデター

もくじ

MIKAGURA SCHOOL SUITE
Spiritless Coup D'État
Illustration:明菜

「こんなポーズはどうかな⁉　もうちょっと角度変えたほうがいいかな⁉　今、私ちゃんと輝いてるかなぁっ⁉」


インタビュアーの新聞部員、離宮《りきゅう》ルミナさんに向かってアピールを繰り返してみる。

なんせ、こんなチャンスは滅多《めった》にあることじゃないのだ！

テレビや雑誌を見て、「もし私がインタビューされたらこうするのにな！」みたいな痛すぎる想像を膨らませたことは確かにある。

求められることなんてないと知りながら、サインだってとっくに考案済みだ。それも、急いでいる時にササッと書ける簡易バージョンと、簡単なイラスト付きのしっかりバージョンの2パターン。

サインの練習をした紙をゴミ箱から見つけた母親に「エルナちゃん、これって一体なあに……？」と完全に病気の娘を、かわいそうな子を見るような目で見ながら聞かれたのは軽いトラウマになっていたりもする。

だけど、だけど……！

「あっ、読者プレゼント用にサインしましょうか⁉　何枚だって書いちゃうよ～！」

ムダじゃなかった。あの痛々しいサイン練習は今この瞬間のためのものだったんだ！

サインペンを取り出し、素振りをするかのようにしゅしゅしゅしゅ！　と宙にサインを書く構えをしてみたりもする。

うん、サインは忘れてない！　体にしっかりと刻まれていたよ⁉

「あ、あの。一宮《いちのみや》さん……？」

怪訝《けげん》そうにする新聞部ちゃん……ルミナさんはそれでも申し訳程度にシャッターを切ってくれていた。

ちなみに、既に衣装チェンジや撮影場所の移動を繰り返しまくった後である。だというのに、彼女は文句ひとつ言わず、軽い写真集を出せてしまうくらいの枚数を撮影してくれていた。

「もしかしてサイン色紙用意してきてないとか⁉　いーよいーよ、気にしないで！　人間だもん、ミスだってあるよね。どんまいどんまい‼」

最早《もはや》何のポーズだかわからない独創的な立ち姿でキメ顔をしながら、早く撮影してちょうだいよと目でシャッターの催促をする。

「ち、違うんです～！　そろそろ肝心のインタビューをさせてくださいよ～！　写真は正直一枚も必要ないんです……。紙面では昨日の対抗戦での画像を使用するので」

申し訳なさそうに真実を告げられ、独創的なポーズのまま固まってしまう。

「えっ。じゃあさっき水着に着替えて撮影したりしたのは……？」

「時間の無駄でした」

「……朝の木漏れ日の下で華麗《かれい》にダンスしながらの撮影は……？」

「あ、その辺りは実はもう撮ってすらいませんでした。早く終わらないかなーって思ってました。あと、ちょっと居眠りしてました」

ルミナさんはおとなしそうな顔をして意外に毒舌だった。過度に辛辣《しんらつ》すぎた。しかも本当に申し訳なさげに言う辺りが破壊力高すぎた。これ、私が繊細なハートの持ち主だったら多分もう泣いてるよ⁉

この学園の各部活の代表者はみんな一癖も二癖もある、一筋縄じゃいかない個性的な人たちだと思ってたけど、まさか新聞部までそうだなんて。こんなおとなしそうな、気の弱そうな眼鏡っ子ちゃんなのに！

でも、「ミカグラ学園だし仕方ないよね……」なんて軽く納得してしまっている自分が恐ろしかった。

＊

「エルナさん～！　起きてください～！　昨日の対抗戦で、一躍学園の有名人ですよ！

わたし、ミカグラ学園新聞部代表の離宮《りきゅう》ルミナっていいます。取材させてもらってもいいでしょうか～？」

そう言って寝袋を揺さぶられて起こされたのが、事の始まりだった。

なかなか起きないからか、笑顔で寝袋をゲシゲシ蹴《け》られていたような気もする。そんなはずない、きっと何かの間違いかなと思ってスルーしてたけど、この子の言動を見るにあれは夢じゃなくて現実だった気もしてくる。

意識がはっきりしてきたところで、取材！　インタビュー!?　とテンションMAXで、普段ならありえないレベルで早起きをして頑張ったのに、それをまさか全《すべ》て否定されるだなんて……。

そう伝えたら、意味のない頑張りでしたね、とでも言われてしまいそうなので口を噤《つぐ》むことにする。

急に元気を失った私を不審げに見ながら、

「それじゃ本題に入りましょう。昨日の対抗戦、華々しい鮮烈なデビューでしたね！　一《いちの》宮《みや》さんは今一番話題の人物。学内ではちょっとしたヒーローです！」

ルミナさんが上手《うま》いこと持ち上げてくれた。

「ヒ、ヒーロー!?　日本語でいうと英雄！　なんて素晴らしい響き……。もっと言って！あっそうだ、やっぱりもうちょっと写真撮影する!?」

「それは結構ですけど」

簡単に元気を取り戻してはしゃぐ私に、ルミナさんはやっぱり冷たく言い切った。今度は愛想笑いさえなく、完全なる真顔だった。

「はい……。ですよね……」

持ち上げられたり落とされたりで、まるで掌《てのひら》の上で弄《もてあそ》ばれているようだった。はっ!?……そう考えると悪い気分はしないんですけど!?

そんな前向きすぎることを考えながら、学園新聞の記事のため、ルミナさんの質問に答えていく。

淡々とした、もうふざけないでくださいねと言わんばかりのインタビュー。

あれ……？　これって昨日のヒーローにインタビューっていうコンセプトだよね……？過ちを犯してしまった人の謝罪会見とかじゃないもんね……？

空気を察して、ついつい敬語になってしまいながらそんなことを思ったりもする。ちゃんとしよう、ちゃんと。

「――書道部代表を打ち破る大金星だったわけですけど、勝因はなんだと思いますか？」

「勝因ですか。うーん、うーん……？」

実際問題、なんで勝てたかなんて自分では何もわかっていないのだ。

ただ、無意識に。あの瞬間だけ、まるで自分が自分じゃないみたいで。

何かに突き動かされるようにして能力が発動しちゃって、なんか勝っちゃった……？

というのが本当のところだった。

ただ、そんなことを記事にしてもらってもつまらない。私はとにかく自分をカッコ良く見せたいのだ。そして可愛《かわい》い子達にちやほやされまくりたいのだ。祭り上げられて過剰に褒《ほ》め称《たた》えてほしいのだ。

どうしようもない本音を脳内で垂れ流しながら、自分なりに理想とする喋《しゃべ》り方で対応していくことにする。

「……まあ？　勝つべくして勝ったっていうかァ？　いい準備ができてたっていうかァ？　覚醒《かくせい》ィ？　っていうんですかァ？　そんな感じですよね！」

有名アーティストやスポーツ選手のテイストをいい具合に混ぜてみたつもりだ。ふふん。

「そうなんですね～」

とてつもなく冷ややかな目で見られてしまった⁉　なんなのこのプレイ……！　全然ノッてきてくれないよ……？　突っ込んでさえくれないよ……⁉

「そんなんでインタビュアーとしてやっていけると思ってるのかな⁉　もっとこうさ、気分よく喋らせてよね！」

ぶーぶーと不満を漏らすけど、ルミナさんは何か考え込むようにメモを取るばかりで全くのノーリアクションだった。待って、今本当に涙出そうだから待って。

「――八坂《やさか》ひみさんの大筆のように、能力はアイテムを媒体とすることで発動させることができるというのがこの学園の常識でした」

「はい？」

するると突然、ルミナさんが、眼鏡をクイッとかけ直しながら声を抑えるようにして、何かを推し量るかのように問い掛けてきた。

「ご存知《ぞんじ》でしたか？　アイテムなしで能力を発動させるなんてとんでもない芸当をやってのけるのは、ミカグラ学園内ではこれまで唯一。たった一人だけしか……存在しなかったんですよ？」

その後は、無難《ぶなん》にインタビューをこなして、ルミナさんはすぐに記事にするからと言って足早に立ち去ってしまった。

最後にもう一度だけ「本当にもう写真撮影はいいのかな!?　ちょっとだけならサービスカットも辞さない心の準備はできてるけど!?　ねえねえ！」と声をかけてみたけど、ルミナさんは全くの無視だった。

「ふふふ……なんというスルー能力。また手強《てごわ》い相手が登場したね……」

対抗戦がどうこうというのとは全く別の話で、私にとってはマッチングの悪い、鬼門になる子のように思えた。

うむむ、と考え込んでいると、

「エルナ、おはようだりゅい〜。今日は珍しく早起きりゅいね？」

ビミィがふよふよと浮遊しながら登場した。毎朝毎朝寝袋から出ようとしない私を、あの手この手と手段を尽くして起こそうとしてくれるのがいつの間にかビミィの仕事になっていた。

「おはよー、ビミィ。……で、その手に持ってるハリセンはなに？」

ビミィは私が起きているのを見るや否やすぐに隠そうとしたけれど、小動物の体には隠しきれないサイズのハリセンは悲しいくらいに丸見えだった。

「こ、これは違うんだりゅい！　エルナを起こすのに使おうとかそういう理由で持ち歩いているワケがないりゅい！」

「そうだよね、ハリセンは目覚まし時計代わりに使う物なんかじゃないもんね！　ボケた人にツッコむための素敵グッズだもんね！」

言葉では否定してるけど、ビミィが絵に描《か》いたようなキョドり方をしているのが全《すべ》てを物語っていた。

「そ、そうだ！　エルナの勝利を祝ってプレゼントとして用意してきたんだりゅい！」

完全に今思いついたような言い方だった。プレゼントがハリセンって。無理矢理《むりやり》に取ってつけた感が尋常じゃない。それなのにビミィが「咄嗟《とっさ》に考えたにしてはいい逃れ方をしたりゅい！」みたいなホッとしたような表情をしていることに腹が立った。

私、もしかしなくてもバカだと思われてる？　いや、自分が頭がいい方だなんて決して思ってないけど、多分ビミィにはそれ以上に底なしのバカだと思われてるよ⁉

一応こんな姿をしていても先生だというのに、可愛《かわい》い生徒をそんな風に扱うなんてひどい話だ。「えっ、可愛い生徒……？」と疑問視されそうだけど、誰一人同意はしてくれない予感でいっぱいだけれど、そう考えたらちょっとヘコんできたけれど、今はそんな話はしていないのだ。

「そっかー、ありがとねビミィ！　じゃあせっかく貰《もら》ったんだし有効に使っていくことにするね？」

そう言いながら全力で素振りをしてみせる。ぶぉん！　ぶぉん！　と空気の唸《うな》る鈍い音が廊下に響き渡った。大きめサイズのハリセンだけに、思っていた以上に強烈だ。

「ひ、ひえぇ……りゅい」

お祝いにハリセンをプレゼント、というのはビミィのボケなんだよね、きっと。じゃあ責任もってしっかりとツッコんであげないとだもんね！

ジリジリと詰め寄る私に、覚悟したのか叩《たた》きやすいようにお尻を差し出すビミィ。いやいや、「もはやこれまでりゅい」みたいな顔されても困るんですけども……。こっちが悪役みたいな構図になっていて心が痛む……こともなく。

ハリセンの炸裂音《さくれつおん》と、「りゅい～！」という悲鳴が朝の寮内に響き渡って、爽《さわ》やかな一日が始まりを告げたのだった。

……爽やかかかな？

第一楽章　ヒロイン未満

「ふっふふ～ん♪」

鼻歌まじりで廊下を闊歩《かっぽ》する。いつもよりも気持ち背筋もピンと伸びているような気がした。

「随分とご機嫌りゅいね？」

ビミィが赤くなったお尻をさすりながら、また叩《たた》かれるかもと思っているのか、怖々といった様子でビクビクしながら聞いてくる。

「そりゃそうだよ！　鼻歌の一つも飛び出すってもんだよ！　だって、だってさ！　昨日までの生活とは違うんだよ!?」

そう、昨日の対抗戦での大勝利。強豪（？）だと思われる帰宅部への仮入部。その方程
式で導き出した計算によると、今日からは入ってくるポイントが桁違《けたちが》いになるはずだった。

一日一食で我慢した日もあった切なすぎる食生活とはサヨナラなのだ。なんなら、朝か
ら焼肉すらあり得るのだ！

そりゃあ上機嫌にもなろうというものだった。

そう理由を説明すると、

「そんなに簡単にいくりゅいかね〜……？」

ビミィは意味深に呟《つぶや》いていたけれど、高らかにヘタクソな鼻歌を奏で続けている私は、その意味を深くは考えなかった。

という訳で今目指しているのは、校内では比較的お高め設定とされているレストラン。

当然今まで足を踏み入れたことなんてなく、展示されているメニューを見て涎《よだれ》を垂らすことしかできなかった、手の届かなかった場所。

今の私なら！　ここに入ることだって許されるはず！

ゴクリと唾《つば》を呑《の》んで、今までの生活ならモーニングセットだけで一週間分の食費になるであろうことを考えて深呼吸する。

「大丈夫！　もう菜食主義と偽ってサラダしか食べられない毎日は訪れないから！　無料のドレッシングを山盛りにかけて……っていうかほぼ飲むようにして空腹を満たすような悲劇はもう起きないいんだから……！　大丈夫だよ私！」

「あまりにも悲しすぎる独白りゅい……」

私にとっては貴族にしか入れないレストランくらいのハードルの高さだったけど、きちんと正装をして行かないと「お嬢様、その格好ではちょっと……」と品のいいチョビ髭《ひげ》の執事に止められるような妄想を抱いていたところだったけど、現実にはそんなワケもない。

ただ、レストランに入るだけで席料という名目で端末をかざす必要があって、ポイントを消費するのには衝撃を受けたりもした。

「あの、席に着くだけで今までの私の一食分くらいポイント減ったよ……？　ぼ、ぼったくり……？」

「人聞きの悪いことを言っちゃダメりゅい！　それだけの価値のある快適な空間が保たれているレストランなんだりゅい」

そういうものなのかな。イマイチ納得はいかないけど、そんな細かいことは言わないようにしていきたい。なんせ、私は帰宅部（仮入部）の期待の新星なんだから！

ふん！　と高級店の雰囲気に押されないように気合いを入れて席までの道を歩いていると、途端に店内がザワつきはじめた。何やら痛いくらいの視線を感じるのも、自意識過剰なんかじゃないはずだった。

聞こえてくる声に耳をすませてみると、

「……あの子そうでしょ？　昨日の対抗戦で、ひみ先輩を倒した……」

「……あっ、その映像私も見たよ！　凄《すご》かったよねー！」

「……帰宅部って特例でしょ？　御神楽《みかぐら》さんだけしか入れないと思ってた。でも帰宅部って何の活動するんだろうね」

飛び込んでくるのは私に関する噂話《うわさばなし》ばっかり。思わずニンマリと頬《ほお》が緩んでしまうのは許してほしい。そうなんだよ！　私が欲していたのはこれなんだよ、これ！　席に着いて、思わず目の前のテーブルをバンバンと叩《たた》きたくなる衝動にかられる。

でも、と思いとどまって必死で自制する。そんなんじゃないのだ。どうにかクールに振舞うことで女子達から憧《あこが》れの視線を浴びる感じにしたいのだ。今はじっと我慢の時だ。

我ながらろくでもないイメージを膨らませながらメニューを眺めていると、

「——一宮《いちのみや》さんおはよう！　すごかったねすごかったねっ！　わたしとっても感動しちゃいました！」

花袋《かたい》ちゃんが興奮気味に駆け寄ってきてくれた。顔をほんのりと紅潮させながら私の両手を力強く握《にぎ》って、ぶんぶんとキュートに上下に振り回している。えっ、花袋ちゃんってこんなキャラだったたっけ……？　よっぽど喜んでくれてるのかな。

こちらの言葉を待つことなく、

「書道部の代表であるひみ先輩が負けたのはショックでもあるんですけど、それ以上にクラスメイトの子があんなに活躍しちゃうんだってことが嬉《うれ》しくって！　えへへ、ひみ先輩の前ではこんなにはしゃげないんですけどねっ」

まだまだ言い足りない、とばかりにひたすらに褒《ほ》め称《たた》えてくれる。

えっ、えっ？　この子ちょっとかわいすぎじゃない……？　新たな嫁候補として考えたいんですけど？

改めて、この学園に入ってよかった！　間違いなんかじゃなかった！　と一人感慨にふけってしまう。

寝袋の中で一人、枕《まくら》を濡《ぬ》らした夜もあったのだ。ううん、枕さえないから濡れたのは寝袋だけだ。水分をあまり吸わない寝袋のようで、軽い水溜《みずたま》りの中で眠っているような錯覚さえ覚えた。

みんながお昼に美味《おい》しそうなご飯を食べるのを横目に、ダイエット中ですので！　みたいな顔をして気分を紛らわすために不思議な踊りを踊った日もあったのだ。

「エルナさん全然太ってないのにえらいよねぇー（モグモグ）」

「ほんとほんと、あたし達も見習って痩《や》せないと～（ムシャムシャ）」

クラスの女子達のどこまで本音かさっぱりわからないトークを歯軋《はぎし》りしつつ聞きながら、無心で汗を流したものだ。いつかは昼間からボリューム満点のカロリー最強の料理を食べられるようになろうと誓って！

「――それが！　今！　叶《かな》うよ！」

シャキーン、と効果音が鳴りそうなセリフを叫びながら、花袋《かたい》ちゃんに笑顔を向ける。

「……う、うん？　おめでとう？」

花袋ちゃんは当然ながらよくわからないといった様子だけど、根がいい子なんでしょう、とりあえず祝福してくれた。

それにしても、花袋ちゃんもこのレストランで朝食をとってるだなんて……。

あの時無事に書道部に入れた花袋ちゃんと、無様に入れなかった私。それだけで、たったそれだけで……生活レベルが天と地ほど違ってしまっている。私の書く字が！　最先端すぎてひみちゃんに理解されなかったせいで！　早すぎたのだ、あまりにも時代を先取りしすぎたのだ……！

「多分、何千年たってもエルナの字が認められる時代はこないと思うりゅい……」

「そこ、うるさいよ⁉」

ボソッと小声で零《こぼ》すビミィに、大声で言い返してしまう。ダメだ、ダメダメだ。せっかくこんなに注目されてるんだから、もっと好感度を意識しなきゃ！　今後の学園生活に関《かか》わってくるターニングポイントなんだから！

ぶんぶんと直前の愚行を否定するように首を振り、改めて言い直すことにする。

「そ、そこの微妙な見た目のケモノさん？　口は災いの元ですわよ？」

「余計酷《ひど》くなってないりゅいか⁉　わざわざ言い直した意味はなんだりゅい⁉　丁寧《ていねい》だけどよけい傷つくりゅい！」

うん、私には向いてないやつだった。完全に無理がありすぎた。

そんなやり取りをしていたら、花袋ちゃんが私の考えを察したのか、誤解を訴えるように両手を振って、

「わたし、毎朝ここで朝食を食べているわけではなくて！　一宮《いちのみや》さんがここに入っていくのが見えたから、早く感動を伝えたいなって思って！　クラスで会うまでどうしても待ちきれなくて……！」

ポイントにそんなに余裕があるわけじゃあないんですけどね、と照れたように笑った。

……寝袋仲間じゃなくなって若干距離を感じていた私！　深く深く反省しよう！　そして悔い改めよ!!　そもそも寝袋仲間っていう括《くく》りも最初からおかしかったんだよ！

いつだったか放課後に偶然花袋《かたい》ちゃんと遭遇して一緒にプリクラを撮ったことがあった。その時に『元寝袋仲間！　二人のカンケイは今でも寝袋みたいにホットだから！』と謎《なぞ》なメッセージをペンで描《か》いて花袋ちゃんに複雑そうな表情をされた記憶があるけれど、あの事実はどうにかして揉《も》み消《け》していきたい。

「花袋ちゃんの気持ち、嬉《うれ》しいよ。いつでも遠慮なく寝袋に戻ってきてもいいんだからね！」

「……あ、あの……それは遠慮したいです」

「またまた照れちゃって！　可愛《かわい》いヤツめ！　このこの～！」

うりうり、と花袋ちゃんのつむじをグリグリといじくり回してみたりする。

「照れてるのとは違うと思うりゅい……」

ビミィのそんな言葉も耳に届かない程に、私の気分は高揚しきっているみたいだった。

ただ、調子に乗っている私をどこかで冷静に観察している自分もいたりする。

花袋ちゃんイチオシだというモーニングスペシャルセットがテーブルに届いた。それを味わいながら、うーむと難しい顔で考え込む。

昨日の勝利に酔いしれてばっかりもいられないっていうのもわかってる。

あんなのは一度限りのビギナーズラックみたいなものなんだ。これだけ学園内で話題になっちゃって、対抗戦の映像を大勢の生徒に見られて。

ちょっとは自信もついたけど、次も同じようになんて絶対いかない……そんな確かな予感があった。

対抗戦の様子が全生徒に見られるようになっているのは、努力を惜しまないようにするためもあるって前にビミィが言っていた気がするけど、確かにそうだ。能力についても知られているのと、知られていないのとでは全く状況は変わってくるだろう……。

私がそんなマジメなことを考えているだなんて想像もしていないであろう花袋ちゃんが、

「わたしって猫舌なんですよ～！」と言いながらふーふーとスープを必死に覚ましながら飲んでいた。

……いかん、今抱き締めそうになったよ⁉　有無を言わさずギュッとこの胸に花袋ちゃんを迎え入れたくなってしまったよ⁉

それは果たして罪になるだろうか。一発逮捕系だろうか。いや、絶対罪じゃない！　これは正当防衛だよ！　正当防衛という言葉の使い方を著しく間違っている気もしないでもないけど、きっと大丈夫。


真剣に考え込んだりきゅんきゅんしたり、豪華すぎる朝食に感嘆《かんたん》したりと大忙しの時間を過ごしていると、不意に私がレストランに入ったとき以上のざわめきが周囲を包んだ。

そこには赤間《あかま》君を筆頭に、演劇部の面々が集まっていた。

「わっ、演劇部の主要メンバーが揃《そろ》ってない？　代表の赤間遊兎《ゆうと》くんに、にゃみりん先輩まで っ！」

「やっぱりなんかオーラあるよねー。見入っちゃうっていうか」

体験入部希望の時にちょっと顔を合わせただけだったけど、この人たちってこんなに人気あったんだ……。

演劇部の男子部員は女子生徒達の黄色い声を浴びてるし、女子部員は男子生徒達の熱い視線を浴びていた。

——特ににゃみりん先輩という人の胸元に向けて！

あれは確かについつい見ちゃうのもわかるけども！　女の子である私でさえ釘付《くぎづ》けですけども！

花袋《かたい》ちゃんも同じようで、自分の胸と見比べて溜息《ためいき》をついたりしている。違う！　違うんだよ花袋ちゃん！　花袋ちゃんはそのままでいいの！　そのままのキミでいて！　色んなタイプの女の子がいていいのだ。私はその全《すべ》てを愛すよ！

「やー、一宮《いちのみや》ちゃん」

自分の世界に入ってしまっている私に気付いて軽い調子で声をかけてきたのは、演劇部代表の赤間君。

その後ろに付いてきている演劇部の面々も、それぞれに手を振ったり頭を下げたりでわざわざ挨拶《あいさつ》してくれた。

「どもども！　体験入部の時はお騒がせしちゃって！」

「本当だよ。台風みたいに大暴れして一瞬で去っていった的な感じでさー」

「いや、そんなぁ……」

「いや、どこも褒《ほ》めてないからね!?　なんでモジモジしてるの!?」

クネクネと照れてみたら、赤間君が案の定凄《すご》い勢いで反応してくれた。他の部員達はその様子を見て微笑《ほほえ》ましそうにしていて。

とっても空気のいい部なんだろうな！　という印象がずっとあった。帰宅部もいつかはこういう風になれるかな！　女神とイチャイチャと！　ね!?

ぐふふふ、と不気味に妄想していると、

「新聞部の号外で見てきたんだよ。ほらっ」

赤間《あかま》君が促すと、にゃみりん先輩が嬉《うれ》しそうにその号外とやらを差し出してくれる。

さっきインタビューされたところなのにもう記事になってるの!? 一体どうなってんの、スピード感半端じゃないよ!?

花袋《かたい》ちゃんも他の演劇部員さんから号外を受け取って、ぺこぺこと恐縮していた。

「ミカグラ学園の新聞部は優秀なんだりゅい！ 端末への新聞配信とは別に、速報がある時はこうしてアナログな紙での無料号外の発行も行っているのだりゅい～」

「へぇ～。じゃあ普段の学園新聞はポイントを支払うことで読めるってことなんだね！」

今までは生活に最低限必要なポイントしか得られていなかったから、そんなシステムは知りもしなかったよ……。まあ、もし知ってても読まなかったけどね！ なぜなら新聞は食べられないから！ お腹《なか》が膨れないから！ これでもまだまだ育ち盛りなもので、知識欲よりもどうしたって食欲が勝つんだよ！

ただ、さっきも考えていたが、情報を知っている相手と戦うのと知らない相手と戦うのでは全く状況が変わってくる。そういう意味では、確かにミカグラ学園における新聞部の意義というものは大きいのかもしれない。

そんな新聞部のルミナさんは私のことをどんな風に書いてくれてるのかな、とワクワクしながら目を通してみる。

まず目に入ってくるのは、ドドン！　と派手に大きく書かれた見出しの文字。

『話題の新入生　一宮《いちのみや》エルナさん　調子に乗って朝から豪遊!?』

「な、なにこれぇぇぇぇぇぇぇぇぇぇ〰〰〰〰〰〰〰〰〰〰〰!?」

見出しの隣にデカデカと掲載されている写真は、昨日の対抗戦のものでもなければ、もちろん今朝たくさん撮ってもらったはずのキメキメポーズでの写真でもなくて。

ついさっき……っていうか今まさにモーニングスペシャルセットに入っているパンケーキに思いっきり大口を開けてかじりついている姿が写し出されていた。

「ね、把握したかな？　新聞を見てこのレストランにいるってわかったから挨拶《あいさつ》しにきた的なわけなんだよ」

赤間君がイタズラっぽくウインクをして教えてくれる。

いやいや！　新聞っていうか写真週刊誌みたいなノリじゃないこれ!?　もっとこう、大活躍の美少女にヒーローインタビューー！　みたいな記事をイメージしてたんですけど!?

というかいつの間に写真撮ったの!?

「新聞部代表の離宮《りきゅう》さんは、たまにこういう記事を書きたくなる衝動に駆られることで有名なんだりゅい」

その衝動にちょうど正面衝突されたってこと⁉　まさかの直撃とかそんな悲劇ってある⁉　あるからこうして新聞になってしまっているわけなんだろうけど。

普段はキッチリとした新聞を発行しているりゅい、と説明してくれたけど、なら今回はどうしてこんなぶっ飛んだことになってしまったの……！

朝のことを思い返してみる。ルミナさんの反応も見ず、次々に衣装を着替えてポーズを決めていく私。

「ちょちょいっと写真を修正してくださいね！　なんなら瞳《ひとみ》は二倍くらいの大きさにしちゃう方向で！」と、あからさまにデジタル的な画像の修正を求めていく私。

歌も歌ったほうがいいですかね⁉　と完全に方向性を見失って暴走する私。（結局3曲もフルコーラスで歌いきった）

ああ……思い返せば思い返すほどに自業自得な気がしてくる……。

絶望する私を見て、赤間《あかま》君はその顔を見に来たとばかりに愉快そうに笑って、

「飾ってない素の姿の一宮《いちのみや》ちゃんが見られて良い記事だと思うよ、うん」

でも演劇部の面々も含めて本当にそう思っているようで、決して悪い気はしなかった。

うーん、これがいつも通りの一宮エルナ、かぁ……。

言われてみればそうなのかもしれない。パンケーキに目を輝かせて口いっぱいに頬《ほお》ばっている写真も、改めて眺めてみると決して悪意のあるような酷《ひど》い写真なんかじゃなくって。

「はい。一宮さんの明るさというか、キラキラした感じが伝わる新聞だと思います」

そう言って、記事をすっかり読み終えたらしい花袋《かたい》ちゃんも大事そうにその新聞を抱えて、赤間君に同意していた。

「うーん、これが新聞部、かあ……」

ちょっとだけ感心してしまう。自分がなりたいようなキャラとは程遠い。思うようには到底書いてはもらえなかったけれど。

でもこれで対抗戦の映像で私のことを知った人に、私の人となりまでがきっと伝わったのだろうな。

「ただ、号外にまでする必要があったかどうかは疑問だりゅい」

「それな!? ビミィが微妙な一生の中で初めていいこと言ったね!?」

「酷い言われようだりゅい!?」

すっかり和やかな空気のまま、演劇部のみんなも同じテーブルで一緒に朝食をとることになった。

突然の展開に緊張しきってしまっている花袋ちゃんの頭をよしよしと撫《な》でながら、和気《わき》藹々《あいあい》としている演劇部メンバーを眺める。演劇部代表という立場を全く鼻にかけることなく、みんなに好かれていじられている赤間君。じーっと見すぎてその視線が気になったのか、何か？　と問いかけるような仕草をされた。

「昨日の対抗戦は俺も楽しく見させてもらったよ。一宮《いちのみや》ちゃんのバトルの時の豹変《ひょうへん》っぷりには驚いちゃったよ！　普段のそれは演技的なのが入ってるのかな？　だとしたら相当才能あるよ」

冗談混じりでそんな風に言われてしまう。そ、そんなに豹変してたのかな私⁉

小さい頃から、ここぞという時にだけ雰囲気が一変するよね、みたいなことは言われたことがあった。今回もそれだったのかな。や、自分ではさっぱり自覚がないんだけど……。母親曰《いわ》く、夢中になると前しか向けなくなる子、というのが娘への評価らしかった。ずっと見てきてくれた人が言うんならそうなんだろうけど、私に言わせればほんのちょっとだけ違う。

夢中でない時だって、多分常に前しか向いてないいんだ。

「別に演技とかじゃないんだけどなぁ〜私、そんな器用な子じゃないのでね！」

「うん、わかってる」

小さく舌を出して、赤間《あかま》君がケラケラと笑う。こんなにもわかりやすくからかわれてるのに、不思議と憎めない。この人が代表を務めているからこそ、演劇部はミカグラ学園でも有数の大所帯の部にまでなってるのかな？

ただ、コロコロと表情を色んな色に変えるその姿に、どこか違和感も感じたりで。

確かにここにいるはずなのに、心だけどこかに置いてきちゃったみたいな？　時折なん

か寂しそうに見えちゃうのは私の気のせいなのかな？

「これ食べないのぉ～？　じゃあも～らっちゃおっと～」

「あ、違う！　一番好きだから最後に食べようと楽しみにとっておいた的なやつだ！　にゃみりん返せ！」

「え～？　もうちょっとかじっちゃったし。うー、返そうか～？」

「く、口つけたんならもういいってば！　いいから顔ごと近づけるな！　なんで口移しで食べさせようとするんだ!?」

にゃみりん先輩と赤間《あかま》君の平和すぎるやり取り。でも、その中でさえ垣間見《かいまみ》せる暗い目が気になって仕方がなくて。

でも、やっぱり私以外には誰も気付く様子がないみたいだった。

「う～ん……？」

「んぐんぐ……どうかしたりゅいか？　エルナ」

許可なく私のパンケーキに手を出しながら聞いてくるビミィにチョップをして、なんでもない、というように首を振って返す。

観察すればするほど、笑顔までまるで作り物のようにさえ思えてしまって。もしかして体調でも悪いんだろうか、と心配になってくる。

そうか、部員のみんなに心配をかけまいと我慢しているのかもしれないな、うん。

私が体調が悪い日なんて、みんなが優しくしてくれるのが嬉《うれ》しくてここぞとばかりに実際の十割増しで具合悪そうなフリをしてみせるのに！

もっと言うなら、お見舞いのお菓子やフルーツの種類まで指定していくスタイルだ！

好きじゃない物を差し入れられたら、

「う〜、これじゃ熱が下がらない気がするよ〜……」

と、あからさまにチェンジを願い出る始末なのに！　赤間君とのこの違いはなに⁉

そうすることでそのうちお見舞いにくる友達は減り、「風邪ひいたかも」とでも呟《つぶや》こうものなら、ジト目で「またお腹《なか》すいたの？」とまで蔑《さげす》まれるようになったっけ……。

違う！　そんなことはいいんだ！　私の恥ずかしい過去のことはいいの！　それよりも赤間君は大丈夫なのかな。

「ねえ、無理してるみたいだけど……。そんなに頑張りすぎなくても、いいと思うよ？」

周囲には聞こえないように、赤間君の耳元に寄ってひそひそと小声で伝えた。

「え……？」

彼は目を見開いて驚きを露《あら》わにして、大丈夫だから、とだけ答えてくれた。

あれ？　やっぱり勘違いかな……？

「本当に大丈夫かな〜？」

一人ごちる私に、赤間《あかま》君はただごまかすみたいに元気そうにピースサインをしてみせた。

とてもじゃないけど、それ以上追及できるような空気にはならない。まあいっか？

そんなこんなで賑《にぎ》やかな喧騒《けんそう》に浸りながら、朝食を食べ終えた私は、腕組みをしてこれからのことに想《おも》いを馳《は》せる。

「これからというよりも、まずは今日の放課後のことだよね……」

……そうなのだ。人のことを心配している余裕なんて実はなくて。

私は、今日の放課後もまた、バトルに身を投じなくてはならないことになっていた。

＊

――ひみちゃんとの対抗戦に決着がついた直後。

端末から映し出される映像をリアルタイムで観戦していた生徒達のざわめきが、私とひみちゃんの元にも確かに届いていた。

まだ対抗戦のための結界は解除されたばかりのはずで、校舎内に人はいないはずだから、随分遠くからの歓声なんだろうけど。それでもその距離を越えて届く声は、今の一戦の大番狂わせの衝撃の大きさを物語るものであるようだった。

「……やったぁー！　ひみちゃんに勝ったよ⁉　勝っちゃったよ――⁉」

「む～！　ずるいずるいずるいもん！　エルナちゃんにあんな能力があったなんて知らなかったしー！」

ひみちゃんが駄々《だだ》っ子《こ》のようにぴょんぴょん飛び跳ねて抗議してくる。既に対抗戦中の独特の気配は消えて、いつものゆるーいひみちゃんがそこにはいた。

でも、能力については私も知らなかったんだからびっくりしてるのはこっちも同じで。光の弾丸を放った自分の指先を見ても、さっきはあんなに強く感じたはずの熱量は跡形もなく消え去っているようだった。

現実感は乏しいけど、でも確かに夢なんかじゃない。

「ふっふっふー！　せめて一矢報いたいとは思ってたけど、まさかこんな結果になるなんてねー！」

大はしゃぎする私に、ひみちゃんが目に涙を溜《た》めてぽかぽかと殴りかかってくる。

「む～！　うぅ～！　ズルっこだぁー！」

ズルくは全くないと思うんだけど、その様子があまりにも愛らしすぎるのでされるがままになってみる。

星鎖《せいさ》先輩も見ててくれたかな。褒《ほ》めてくれるかな。結婚してくれるかな⁉

発想の飛躍は得意分野でしかないので、すでに頭の中で結婚生活や子供の人数まで想定して、幸せな妄想に入り込んでいた。

「エルナ、エルナー！　りゅい！」

そう、二人は帰宅部の部員。そして帰る場所は……同じ屋根の下！　そんな、そんなだめです星鎖先輩！

「聞こえてないのかりゅい？　エ〜ルナ〜！」

「ちょっと静かにして⁉」

「りゅ、りゅい……」

ビミィがクラッカーを片手にやってきて、興奮を隠し切れない様子で派手に鳴らそうとしていたけれど、そんなのは後にしていただきたい。

全くもう！　妄想がひとしきり終わるまで黙って待つのがマナーみたいなところあるでしょうに！

しょんぼりしてしまったビミィを抱き上げて、

「ウソだよウソ！　ありがとねビミィ！　イエーイ！」

喜びを分かち合うように宙に放《ほう》り上《あ》げた。

「さっきの冷たい声色は絶対にウソじゃなかったりゅい……」

特に抵抗することなくおもちゃにされながら、ビミィがぼやいている。細かいことは気にしちゃだめだよね、うん。

ということで改めてパーン！　と打ち鳴らされるクラッカーに、なぜかひみちゃんも一緒になってはしゃいでいた。

「わーい！　おめでとう～！」

パーティーっぽい空気に嬉《うれ》しくなってしまったらしい。この子は本当に先輩か⁉　子供じゃないのか⁉　無邪気すぎか⁉

「……はっ！　ひみは負けてしまったんだったよー！　くやしー！　もー！」

はしゃいでいる途中でふとその事実を思い出したようで、またぽかぽかと殴ってくる。

ああ……。将来はどうにか働かないで生きていきたいと、ゲームして遊んでいるだけで暮らしていきたいと願っているどうしようもない私だけど、こんな娘がいたら頑張れちゃうんだろうな……。

今日からは是非天使、と名札をつけていただきたい。

私が許可する！　太鼓判を押すよ！

「ひみちゃんに勝てちゃったのは嬉しいしビックリなんだけど、とにかく体が軽く感じたりで自分が自分じゃないみたいだったんだよね……」

「うんうん、エルナちゃん足速かったよね～！」

そうなのだ。元々体力に自信がある方ではあったけど、冷静に考えてみるとあんなにも素早く動けるワケはなくて。

「うぉほん！　それについてはオイラが説明するりゅい」

ビミィがわざとらしく咳払《せきばら》いをして、頭の上に乗っかって解説をはじめてくれた。

「このミカグラ学園の中で能力に目覚めると、運動能力も飛躍的に底上げされるんだりゅい。それはエルナだけじゃなくて、生徒全員がね」

「そう、ひみもだよっ！　ミカグラに入る前は運動がとっても苦手で。かけっこだって信じられないくらい遅かったんだからー！」

ひみちゃんが解説に補足するように付け加えてくれた。確かに運動ができそうには見えないよね……なんて言うとまたぽかぽかってぶたれちゃいそうだけど。

「ただ、学園には文化部しか存在しないりゅい？　だから入学してくる生徒も当然元々中等部からずっと文化部一筋っていう子が殆《ほとん》どで、エルナみたいなパターンはレア中のレアなんだりゅい。元々が指折りの運動神経を持っていたエルナの場合、結果的にミカグラ学園で能力に目覚めることによってそれが桁外《けたはず》れのところまで押し上げられたということなんだりゅい！」

「なるほど納得！　だからこんなに軽快に体が動くのかー！」

試しにぴょこんとその場でジャンプしてみたりする。わあ、なんか凄《すご》い高いところまで跳べちゃうんですけど!?　楽しすぎなんですけど!?

「それと、実はもうひとつ秘密があるんだりゅい」

私がジャンプしている間も頭の上に乗っかったままのビミィが、ズリ落ちそうになりながら解説を継続してくれる。

舌かまないのかな、大丈夫かな……？

「期待するような不穏な視線を送るのはやめてほしいりゅい！」

そう言って、頭の上からふよふよと飛び立っていってしまった。なーんだ、残念。

「エルナは知らなかったと思うけど、一宮《いちのみや》家の血縁《けつえん》は昔から不思議と並外れた能力を持つ人間が頻出するのだりゅい。身近なところでいうと、従兄《いとこ》の二宮《にのみや》シグレもその一人。だから、オイラはこうなることがなんとなくわかっていたりゅい！」

そんな話、母親はもちろん親戚《しんせき》関係からも一度も聞いた記憶なんてなかったけど……。いや、もしかしたら聞いてたけどゲームしててハイハイって聞き流してたのかも。その可能性はあるよ、大いにあるよ……。ビミィの話が本当なら、元々このミカグラ学園には縁があったってことなんだろうか。

もう、そんなことならシグレも受験する時に教えてくれてたら良かったのにさ！

「ずるいずるい！　やっぱりエルナちゃんズルっ子だったんだよー！　それってさ、ミカグラ学園に入学する運命だったたってことでしょ!?」

ひみちゃんが叫んだ『運命』という言葉にRPG大好きっ子である私の血が無性に騒いでしまう。そうか、私はこの学園でヒーローになるために生まれてきたのかも！　むん、と気合いが入って謎《なぞ》の変身ポーズをとってしまう。いや、特になんにも変身とかはしないけどね。

「わっ、そのポーズかっこいいねっ！　ひみもするー！　てりゃー！」

ひみちゃんが真似《まね》をしてくるけど、微妙にポーズが違っていて真似しきれていないのが彼女らしかった。

対抗戦の勝者と敗者。でも、ちょっとだけ心配してた試合後のわだかまりなんてさっぱりできたりしなくて、寧《むし》ろ全力でぶつかり合うことで距離が縮まったような気さえして。

なんだか恐ろしいようにも思えた対抗戦の仕組みだったけど、こんな空気感ならもっともっと参加していきたいなって思う。仮入部の私をいきなり抜擢《ばってき》してくれた星鎖《せいさ》先輩に感謝すら覚えていた。

結界が解除されて校舎内にも徐々に生徒が入ってきているのか、さっきまでの緊張感が嘘《うそ》みたいに抜けきって、非日常が日常に戻りつつあるようだった。

「まずは星鎖先輩に報告しないとだよね。ビミィ、どうしたらいいの？」

「それには端末を使って……って、おっとっと。ちょうど音声通話がかかってきたようだりゅい！」

ビミィがそう言うか言わないかのうちに、私の端末から楽しげなメロディが流れ始めていた。

これは携帯電話の着信音みたいなものなんだろうか？　端末を手にとってみると、

「――女神の顔写真が表示されてるよ!?　これはどうやれば保存できるの!?　えっ、えっ、画面にちゅっちゅしたら向こうにはバレるの!?」

「とりあえず落ち着いてほしいりゅい……」

そう言われても簡単に落ち着けるわけもなく、ギャーギャー騒いでいる間にメロディは切れてしまった。

「うぎゃあああああああ!!」

「ちょ、オイラの首を絞めるのはやめるんだりゅ、い……」

「え、エルナちゃん！　先生が死んじゃう、死んじゃうよぉ～!?」

そんなことよりも星鎖先輩のせっかくの貴重なお声が!?　せっかく向こうから連絡してくれたというのに!?

「ぶほっ、一瞬見えてはいけないお花畑のような景色が見えたりゅい……。オイラ白目むいてなかったりゅいか!?」

ビミィはいつも白目をむいているような顔をしているので、私にはまるでその変化がわからなかった。

「だいじょぶじょぶ！　ほら、端末にメッセージが記録されてるみたいだよー」

ひみちゃんが指差す通り端末のモニターを見ると、星鎖《せいさ》先輩からのメッセージが残されているようだった。これは完全に永久保存版だよ……！

「ここを押すと再生できるよん」

言われるがままに、ちょこんと端末に触れるとなんと、

「女神が出現した――――!?」

留守番電話のように録音音声が流れるだけだと思い込んでいた私は文字通りひっくり返り、なぜか「ははー！」とひれ伏す体勢になっていた。

「映像も一緒に投影される仕組みになっているりゅい。寝起きかな？　まだパジャマ姿のまま連絡してきたみたいだりゅい」

そう、そうなのだ。

重要なポイントは正にそこなのだ！

星鎖先輩の映像は制服姿ではなく、なんと私服！　しかもパジャマ！

か・わ・い・い！　YES！　k・a・w・a・i・i!!

手をばたつかせて、ひみちゃんとビミィに言葉にならない興奮を伝える。

「うー！　うー!?　うーうーっ！」

褒《ほ》め称《たた》える言葉を華麗《かれい》に並べたいんだけど、なにしろ思考回路がストップ状態だった。

「エルナちゃん、なんだかよくわからないけど未知の動物さんみたいになってるよ……？」

「刺激が強すぎたみたいだりゅい……。直視しないであげてほしいりゅい」

だって、端末から投影されて実寸そのままリアルにそこにいる様子は神々《こうごう》しくさえある。

はぁー、現代技術凄《すご》いな!?　もちろん背景は透けて見えるんだけど、細かい挙動まで捕捉して再現しているのか生々しさが半端じゃなかった。

「ビミィ、ちょっと後ろ向いててくれる？　私にはどうしてもしなきゃいけないことがあるんだよ。使命感に燃えているんだよ！」

「映像には手を触れられないりゅいよ!?　あと息を荒らげるのはやめて!?」

ちぇっ、なんでバレたんだろう。いいよいいよ、後で一人でじっくりねっとり楽しんじゃうもんね！

うひひ～、と女子には似つかわしくない笑い方をしながら、女神のお言葉を待つことにする。

ビミィが言う通りに本当に寝起きなのだろう。一度麗《うるわ》しく欠伸《あくび》をしてから、眠そうな……良くいえば艶《つや》のある声色で静かに語り始めた。

「そろそろ対抗戦が終わった頃かと思って連絡してみたのだけれど、結果はどうだった？」

「み、見てなかったのー!?」

すってーん、と思わず尻餅《しりもち》をついてしまう。ひみちゃんが「リアクション見てるだけで飽きないねぇ」と呟《つぶや》いているのも聞こえてしまったけど、そりゃリアクションもでっかくなるよ！

褒《ほ》めてもらえる、と思い込んでいただけに落差が尋常じゃない。

ズーン、と沈み込む私の様子なんてお構いなしで、メッセージは続く。

「結果を含めて、あなたの目で見て感じたことをそのまま。映像を通してなんかじゃなくて、直接言葉を交わして聞きたいの。今から迎えを行かせるから、私の部屋に来てもらえる？」

映像の星鎖《せいさ》先輩が優しくそう言ったところで、映像の投影は終了した。

あれ……あれ？　持ち上げられてズドーンと一度急転直下の落とされ方をしたと思ったら、最後にまた雲の上まで持ち上げられたよ!?

「大変だ、これは忙しくなってしまうよビミィ」

軽く顔に汗を滲《にじ》ませながら、気ばかりがあせってしまう。

「……？　何が忙しくなるんだりゅい？」

「――結婚式の準備に決まってるよ！　子供の名前も早めに考えないとだし……、ご両親に挨拶《あいさつ》もしないとね！」

「お、落ち着くんだりゅい！　女の子同士じゃ結婚もできないし二人の間に子供も無理だし、そもそもエルナじゃ星鎖のご両親には恥ずかしくて会わせてもらえないりゅい！」

「そ、そっか！　って最後のはなんか違くない⁉　ビミィ私のこと恥ずかしい人間だって思ってるの⁉」

「それはそうだりゅい！」

　間髪いれずに即答されてしまった。あまりにあっさりとディスられるので「あ、そうだったんだ……」と受け入れてしまい、なんだか怒るタイミングを逃してしまう。

「あれ、エルナちゃん。まだ音声は流れてるみたいだよー？」

　端末に耳を寄せて、しーっという仕草をしながら、ひみちゃんが教えてくれる。映像の投影は終了していたものの、騒いでいる間にも星鎖先輩の音声はまだ続けて再生されていたようだった。

「そうそう、ビミィにあなたのことはいろいろ聞いているわ……。だから、この映像と音声は再生が終わったら自動的に消去されるようにしてあります。それじゃ、また後でね」

　言い終わると同時、端末からピーという電子音がして機械的な音声案内で残酷な事実が告げられた。

『メッセージヲ完全ニ消去シマシタ。復元ハデキマセン』

「ちょっと待った――――⁉」

『待タナイケド？』

「え⁉　そこ反応するの⁉　凄《すご》いけども！　本当にその高機能さは必要なの⁉　あとなん

で急に友達みたいな口調で返してきたの!?」

端末に向かって全力で問いかけてしまう。行き過ぎた最先端だから人工知能でも搭載してるっていうのか!? 衝撃に次ぐ衝撃の出来事の連続で、もう流石《さすが》のエルナさんも疲れましたよ……?

ハテナマークをいくつも浮かべて端末をいじくり回す私に、

「そんな機能は端末にはないから、機械音声も星鎖《せいさ》ちゃんがやってるんだと思うよ～? 器用だよねぇ」

ひみちゃんがニコニコしながら教えてくれる。

えっ、さっきのも星鎖先輩が声色変えて録音してたってこと……? 最後のは私の反応まで先読みして……?

「星鎖はああ見えて結構お茶目《ちゃめ》なんだりゅい」

「え? 本当!? そんなところも素敵……! だけど声色変えて録音してる姿はちょっと想像したくないね!?」

よし、上手《うま》くできたわ……とか満足そうに微笑《ほほえ》んでいたりするんだろうか。そんな女神も可愛《かわい》いけどいやだ――――!?

けど、星鎖先輩のお部屋で結果を直接報告できるんだ。その喜びが今頃になってジワジワとこみ上げてくる。

映像なんて保存できなくてもいいもん、実際の女神のお姿をくっきりと心に焼き付けてやるんだから！

私は、「人は映像を生涯愛せるのか？」をテーマに論文を書こうとか思っていたことなんてすっかり忘れてしまっていた。

――星鎖先輩のお宅から来るという迎えを待ちながら、期待を胸いっぱいに膨らませて。

＊

車窓から見えるものは、ゆっくりと流れる深緑豊かなミカグラ学園の敷地。

そして車中に見えるものは、ゲームに興じる女子二人と獣一匹。

「これはオイラが知ってる王様ゲームじゃないりゅい……。どうなったら終わるんだりゅい？　このゲームは……」

ただただ困惑の言葉を漏らすビミィは放置しておいて、ひみちゃんと私は移動の時間に新・王様ゲームを満喫しきっていた。

「このゲームにルールブックなんてないの。感覚だけで勝負するんだよ！」

「そんなキメ顔で言われても困るりゅい……」

もー、うるさいなー！　ビミィはわからないなら見てて覚えたらいいよ。

「うぇ〜、エルナちゃんってば新・王様ゲーム強いね〜！　ランクっていくつなの？」

また負けたぁ〜、と悔しそうにひみちゃんが聞いてくる。よくぞ聞いてくれました！

それ言いたかった！　自慢したかったとこなの！

「ランクはねー、部長かな！　へへ、この前ようやく昇進が認められたんだよね！」

「王様ゲームなのに急に現代風のランクっていうか役職!?　サラリーマンなの!?　ゲームの時代設定はどうなってるんだりゅい!?」

それに昇進ってどこの誰が認めるんだりゅい……とブツブツ文句を言い続けるビミィはやっぱり放置しておいて、ゲームを再開することにする。

このゲームはキングが1枚入ったトランプのカードを人数分用意し、それをシャッフルしてから配る。そして簡単な歌からはじまるところが特徴だ。ここで恥ずかしがったり、間違って音を外したりしたら減点になるという厳しいローカルルールもあったりするのだ。

気を引き締めて歌わなくてはなるまい。

「『キング♪　キング♪　おバカなキング♪　ふぉっふぉっふぉっふぉっふぉ♪　王様ゲーム！4（フォー）！♪』」

本気で歌う私とひみちゃん。この時点でお互いの実力をはかりあっていたりもする。ふふ、ひみちゃん……腕、上げたね？

「ストップ、すとっぷだりゅい――――――！　ツッコミどころが満載だけど何事もなかったように進めようとするのは待ってもらってもいいりゅい⁉」

「もー、先生せっかくいいところなんだから熱戦に水を差さないでほしいなぁ」

ひみちゃん、言ってもムダだよ。素人には今のが熱戦かどうかの判断もできやしないんだから。はぁー、とあからさまに「仕方ないなぁ」という溜息《ためいき》を吐いてみせる。ビミィはそれにたじろぎながらも、

「さっきの歌はなんなんだりゅい⁉　何かの間違いかもしれないから、もう一回歌ってみてほしいんだけど……」

「えぇー、もう仕方ないなあ、じゃあひみちゃんいくよっ、せーのっ！」

「『キング♪　キング♪　おバカなキング♪　ふぉっふぉっふぉっふぉ♪　王様ゲーム！4（フォー）！♪』」

「最後4（フォー）って言ってるりゅい⁉　新・王様ゲームって4作目なの⁉　いつの間にそんなに長編のシリーズになってたりゅい⁉」

可愛《かわい》そうに……。ビミィは、世間の流れから完全に取り残されているんだね……。

ぽんっ、ぽんっ。

「エルナ⁉　無言で同情するみたいに肩を叩《たた》くのはやめてもらってもいいりゅいか⁉　なんか知らないけど屈辱だよ⁉」

ひみちゃんも哀れみに耐えきれなかったのか涙を拭《ぬぐ》うようにして、でも明るくゲームを続行しようとする。

「先生、これから覚えよ？　だいじょーぶ、ひみは笑ったりしないよ！」

「あ、ありがとだりゅい……。あれぇ……？」

納得はいかないものの、そうまで言われたら自分に非があるのかも？　という気がしてきたのか、ビミィが一旦おとなしくなる。

「それじゃ続きをやろう！　もう一回歌からね！」

こくこくと頷《うなず》くひみちゃんを確認してから、声高らかに歌い上げる。

「『キング♪　キング♪　お魚キング♪　ふぉっふぉっふぉっふぉ♪　個人的にはマグロー‼』」

「はいはい止めて止めてりゅい――――！　なに、なんなの⁉　歌詞変わってるよ⁉　あと最後は歌じゃなくてただの叫びだったりゅい⁉」

「色んなパターンがあるんだよー。お魚の王様っていったらやっぱりマグロでしょぉ～？　なにかおかしいところあった？」

ひみちゃんが子供に言い聞かせるみたいに正論を言う。うんうん、その通りだ。

「寧《むし》ろおかしいところしかないりゅい！　謎《なぞ》が謎を呼びすぎて早くも迷宮入りだりゅい!?」

「ははーん、わかったぞ。謎が全《すべ》て解けましたよ!?　ビミィはマグロが苦手なのかな？」

名探偵エルナンによる推理が炸裂《さくれつ》してしまった。犯人は……微妙な姿で産まれ落ちてい

る！　かわいい動物の形に似せようとして失敗しましたみたいな顔をしてる！

「マグロは別に苦手じゃないし、言いたいのはそういうことじゃないんだりゅい……。わかった、オイラが悪かったからゲームを進めてほしいりゅい……」

あきらめたような顔で言われるのは不服だけど、いいだろう。さぁ、ゲームを続けようじゃないか。かけてもいない眼鏡をくいっとかけ直す仕草をしてから、新・王様ゲームの続きを楽しむことにする。

まずはひみちゃんと声を合わせて歌うところからの再スタートだ。

基本的にはパーティゲームなので、楽しそうな雰囲気を崩してはならないのだ。ここは重要なポイントなのだ。

「「キング♪　キング♪　おバカなキング♪　ふぉっふぉっふぉっふぉ♪　王様ゲーム！

5（ファイッ）！♪」」

「……もうオイラは何も言わないりゅいよ？　ツッコんだりしないよ？　何か言ったら負けだってわかってるりゅい」

ツッコむところなんて何一つ存在しないのに、なーに言ってるんだろね？　不思議だ。

「「王様だーれだっ！」」

言いながら、自分の手札を確認する。うーん、残念。王様じゃない……。ということはひみちゃんが、

「ワシが王様じゃが？」

ポケットに忍ばせておいたらしい口ひげを大急ぎでつけながら、貫禄《かんろく》たっぷりに言ってみせていた。

「そのなりきりプレイは必須《ひっす》なの!?　もうついていくだけで必死だりゅい……」

なりきるからこそ楽しいのに、わかってないなー！　通常はもっと大人数で遊ぶゲームなんだけど、今は二人だけだから私だけが王様の前に跪《ひざまず》く。車の中なのにもかかわらず無理のある体勢で跪く。従者は王様の前では常にこの状態でなくてはならないのだ。王様の言うことは絶対なのだ。

そしてここからが本番だ。手に汗握《にぎ》るやり取りがはじまるのだ。心理戦といってしまっ

ても過言ではない。王様と従者との真剣勝負だ。

まずは従者である私の攻撃である。

「王様、こちらが世にも珍しい、バカには見えないお菓子でございますゆえ！」

やってやった！　私はやってやったぞ！

それに対して、うむむと考えてから王様であるひみちゃんが大仰に頷《うなず》いて返す。

「うむ、よいぞ。ワシはもちろんバカではないので見えまくっておるぞ。そうじゃな……それではバカには見えない褒美をやろう！」

「ありがたき幸せ！　私もバカではないのでそのご褒美が見えています。これで外車の一台でも買ってこの国を出てやろうかと思っております！」


……ふー！　熱戦だった！　これは新・王様ゲーム史上でも稀《まれ》に見る大一番だったよ⁉

ひみちゃんと二人、ガッシリと固く握手を交わして互いの健闘を称《たた》えあう。

「なに今の⁉　もしかして終わりなのかりゅい⁉　いい勝負だったみたいな空気になってるけど！　結局どっちが勝ったんだりゅい⁉　もうゲームでもなんでもなくない⁉」

これ以上は黙ってられない、とばかりにビミィが口を出してくる。

「えー、もしかしてわからないのー？　先生はっずかしー！」

王様の口ひげをくっ付けたまま嬉《うれ》しそうなひみちゃんに、ビミィが一瞬うっと口ごもって、それでもどうにか言い返す。

「だって唐突に外車とか出てきたよ⁉　ファンタジーじゃないの⁉　世界観はどうなってるりゅい⁉」

ちっちっちっ、と指を振って、仕方がないので教えてあげることにする。

「あのね、このゲームのルールはバカにはわからないんだよ」

「……？？」

「だからね、全員適当にアドリブでゲームを進めて、ついていけなくなった人がバカっていうシステム。つまり負けなの」

「それって面白いのかりゅい……？　つまり今回はオイラの負け……？　っていうかゲームの出だしからついていけていなかったりゅい……」

「イエス、おふこーす‼　ビミィの負け！　やーいやーい！」

ビミィは理解できない、というように頭からぷしゅーと煙を出してフラフラと倒れこんでしまった。大丈夫、このゲームは最初はみんな勝てないようにできてるんだ。そのうち段々楽しさがわかってきて、いつの間にかシュールすぎるルールの魅力に取り付かれていくんだ。……ほんとに極一部の人だけだけどね！　殆《ほとん》どみんな呆《あき》れて去っていくけどね！

そんな私達の様子を静かに見ていたのか、あるいはそこには何もないような感じで完全に見ないフリを決め込んでいたのかどちらかわからないけれど、運転手のクルミ先生が

「そろそろ到着しますよ」と告げたことでゲームは終わった。

そう、驚くことに星鎖《せいさ》先輩のお屋敷というのは入学試験を受けたあの大きなお家《うち》で、クルミ先生はそこのメイドも兼任しているらしい。

「私は寝袋なのに……。もう寝袋ごと寝返りをうって階段から落ちるのは嫌だよ……」

「エルナちゃん、寝相悪いんだねぇ」

ひみちゃんが若干引いたみたいに言う。寝相がどうとかっていうと言い方がよくないよね。元気一杯だね！　みたいにもっと前向きに表現してほしいよね。

けど寝相っていうよりも、構造上の問題だと思うんだ。寝相が悪くてベッドから落ちるっていうのはわかる。今まで家にいる時はそうだった！　でも階段から落ちるのは与えられた環境のせいだ！　絶対そうだよ！

けど、帰宅部に仮入部したことで、そして今日勝利したことで、寝袋からも卒業だよ！

今夜はベッドから思いっきり落ちるぞ！　イエーイ！

……落ちる前提なのは、私なので目をつむっていただきたい。

＊

「わー、久々に来たー！」

そうこうしている間に、車は星鎖《せいさ》先輩のお屋敷へと到着していた。そういえばビミィはともかくとしてなんでひみちゃんも一緒に着いてきてくれたんだろう、と一瞬思ったけれど、大はしゃぎでお屋敷を眺めているので単純に好奇心からの行動なのかな？

ううん、私と僅《わず》かな時間でも一緒にいたかったのかもしれない、離れたくなかったのかもしれないよ!?

「それはないと思うりゅい」

「だから読心術みたいなのやめてくれるかな!?」

多分考えていることが顔に出てしまっているだけなんだろうけど、ビミィはそういうところだけは勘が鋭すぎた。

「星鎖ちゃんのお屋敷はとんでもない、って噂《うわさ》だったからねー！　誰かを招待することなんてないらしいし、いいチャンスだって思ったの！」

瞳《ひとみ》をキラキラさせながらひみちゃんが熱弁してくれた。でも、私は全然いいんだけどこれから星鎖先輩に戦勝の報告をするんだよね。

対抗戦の相手だったひみちゃんがその場にいるとちょっとやりづらいな……っていうのは嘘《うそ》で、ほんの建前でしかなくて、誰がいようと全力で勝ち誇り自慢するのが私、一宮《いちのみや》エルナという女子だった。

……自分で言ってて恥ずかしくなってきたんですけど。もっと気を使える子になろうよ、私……。

どんな会話を繰り広げていようが何の興味も示していないように見えるクルミ先生は、クールにスタスタとどんどん歩いていってしまう。

きっと黙ってついてこいということなんだろう。試験の時と同じように、キョロキョロと屋敷の中を見回しながらついていくことにする。

星鎖先輩のお屋敷、という事実を伝えられてからだとまた違った見方ができるのだ。

「あのお風呂で毎日女神が身を清めているのかな……。ああ毎日……」

「……お嬢様の変な想像をしながら観察するのはやめてもらってもいいでしょうか」

心底嫌そうに、お屋敷内だからか完璧《かんぺき》にメイドさんモードのクルミ先生に窘《たしな》められてしまう。失礼な、変な想像なんかじゃないのに！　神々《こうごう》しい光景だけを妄想してるのに！

「エルナちゃんって変態さんなの～？」

ひみちゃんが不思議そうに聞いてくる。そんなに純粋そうな目で私を見ないで！　やめてあげて！

「違いますー！　どこまでも自分に正直なだけですー！　真《ま》っ直《す》ぐなだけですー！」

その結果が変態的だって指摘されたらもうどこにも逃げ場はないんだけどね。

ひみちゃんも一緒になってお屋敷の中を寄り道しながら、途中でいい加減にしろとばかりに無言でクルミ先生に頭をぶたれたのは何かの間違いだろうと思いながら、最上階の星《せい》鎖《さ》先輩の部屋まで案内された。

「わー！　ここが女神が素肌を晒《さら》して着替えたり無警戒に睡眠《すいみん》をとったりしているお部屋……！　潜りこみたいー！　撮影機材をバレないように設置して二十四時間四六時中見ていたいー！」

「エルナが時々怖くなるりゅい……」

「え？　そうかなぁ？　なんでだろ？」

クルミ先生が部屋のドアに取り付けられたベルをからんからんと鳴らして、反応を待ってから扉を開ける。

ドアにこんな呼び鈴がついていること自体が衝撃的だった。貴族だ、もうこれは王族の部屋だ。私の自宅の部屋のドアなんて誰もが勝手に開けてくるし、学園ではドアさえなくフリースタイルの寝袋だ。プライバシーなんてどこにも存在しないのだ……。

扉が開かれて、ひみちゃんと二人で覗《のぞ》き込《こ》むように中を拝見する。

「なにこれぇ……一人用のお部屋とは思えない広さだよぉ……？」

ひみちゃんが驚きを隠しきれないように小声で呟《つぶや》く。確かに広い上に綺麗《きれい》すぎた。

「エルナの寝袋なら何百個並べられるかわからないくらい広々としてるりゅい」

「そういうイジリ方、地味に傷つくからやめてもらっていい!?」

寝袋にはなんだか愛着も湧《わ》きつつあるのだ。愛《いと》おしさを感じつつあるのだ。

「天蓋《てんがい》付きのベッドがあるんですけど⁉　そしてどうみても、何度目を擦《こす》ってみても女神が、星鎖先輩がそこに横たわっているんですけど⁉」

薄いヴェールの向こう側に、まだ半分寝ているらしき少女が見えた。

「対抗戦の時も寝てたっぽいのに、エルナに連絡した後で二度寝したりゅいね……」

「やっぱり寝る子は育つのかなぁ？　むー、ひみももっと寝るようにしようかな！」

ひみちゃんはできればそのまま育たないでいただきたい、なんてもしも理由を聞かれたら返答に困ることを考えながら、クルミ先生が優しく女神を起こすのを見守ることにする。

「お嬢様、皆さんいらっしゃいましたよ。起きてください。……まだ寝たいのですか？　なら皆さんは待たせていますのでごゆっくりどうぞ」

「あまっ⁉　クルミ先生、お嬢様に対しては激甘っ⁉」

私もそのくらい甘やかしてほしいんだけど、それは無理な相談だろうか。学園に行けば先輩も私も同じ生徒なんだから！　等しく愛情を注いでほしいよ！

色んなことを想像しながら、もしかしたら生徒としても同じとは言えないんじゃないかと珍しくネガティブに落ち込みそうになってしまう。

放《ほう》っておいたらクルミ先生が子守唄《うた》でも歌いだしそうな空気だった。それはそれで聞いてみたくはあったけど、そうもいかないのだ。なぜなら、

「星鎖先輩、私見事に勝ちましたよー！　帰宅部の誇りを守りましたよ！　褒《ほ》めてくださ

い、褒《ほ》めて褒めて!!」

天蓋《てんがい》付きのベッドに走り寄ってアピールする。帰宅部に一体どんな誇りがあるんだろうとか、言っておいて疑問に思う点はあるけれどそれは今は捨てておこう。

ヴェールの向こうから、先輩が顔を出す。思わず抱きつくため飛び込もうとするけれど、クルミ先生に羽交《はが》い絞《じ》めにされて押《お》し留《とど》められてしまった。ちぇー。

「どういう展開でひみさんに勝てたのか、教えてくれる?」

「星鎖《せいさ》ちゃん、ひみさんなんてそんな他人行儀なー! ひみひみって呼んでくれていいんだよー?」

ひみちゃんが妙な呼び方を要求してるけど、書道部の部員も含めて誰一人としてそう呼んでいるのは見たことがなかった。

ぽんぽん、とベッドを叩《たた》いてそこに座るようにというジェスチャーをされて、みんな横並びでベッドに腰掛ける。なんだこの状況。楽園か! ビミィさえいなければ極楽か? なぜかクルミ先生も一緒になってくつろいでるけど、この人のメイド観がよくわからないよね。

そして……対抗戦の流れを思い返しながら、時折ひみちゃんやビミィに補足してもらいつつもどうにか星鎖先輩に説明してみせた。

「途中で何度もしつこく褒めてオーラを出してるのに、ちっとも褒めてもらえないんですけどー!?　バカにも見えるご褒美が欲しいんですけどー!?」

「そういうのは思っても心の内にしまいこんでおくものりゅい……」

ビミィは呆《あき》れたみたいにそう言うけど、だってそれを楽しみに来たんだよ!?　不満ですー！　ふま……!?

その瞬間、頭に優しく暖かい感触を受けて思わず固まってしまった。


「よく頑張ったね」


星鎖先輩はそれだけ言って、静かに頭を撫《な》でてくれていて。

「は、はわ～！　はわわわわわ～！」

「ふふ。良かったねー、エルナちゃん！」

ひみちゃんも一緒になって撫ではじめた。私、今が人生のピークかもしれない！　これを超える幸せなんて到底思いつかないよ!?

「でも……」

と言って、星鎖先輩の手がぴたりと止まる。もしかしてもうおしまいですか？　ピーク終了ですか？　あとは人生下り坂ですか!?

「――よく頑張った……けど。話を聞く限り、ひみさんの油断が勝因の大部分を占めているわね」

「うっ⁉」

予想外の流れ弾だったのか、ひみちゃんが絵に描《か》いたようにうろたえていた。

「ひみさんが最初から勝負を決めにいっていたらどう転んだってクリスタルを壊すことは難しかった。違う？」

星鎖《せいさ》先輩に聞かれて、ひみちゃんが「それはぁ……」とモゴモゴ口ごもる。

「……そ、そんなことないですー！　私は実はミカグラ学園に入学してヒーローになる運命の元に生まれていたんですー！　そだ、星鎖先輩とだってきっといい勝負ができちゃうかも！」

言いすぎだってわかりながら、ムキになって言い放ってしまった。

慌ててすぐに取り繕う言葉を探すけど、言い訳が思いつく前に、

「……随分自信がついたのね？　それならこうしましょうか」

星鎖先輩が愉快そうに口元だけで笑んで、提案をはじめていた。指を一本立てて、怒ってはいないようだけど独特の雰囲気があってちょっと怖い。

「明日の放課後に私と模擬戦をしましょう？　そして、私のクリスタルをもし一つでも壊せたら、帰宅部への正式入部を許可します。でも、一つも壊せなければ……」

「――壊せなければどうなるんだりゅい？」

私の代わりにビミィが質問する。

「壊せなければ、そうね。残念だけれど仮入部を解いて無所属に逆戻り、というのはどう？」

「えぇーっ！　エルナちゃんにいくら才能があったってまだ新入生だよ⁉　星鎖ちゃんのクリスタルを壊すなんて無理無理無理だよ〜！」

「そうだりゅい！　厳しすぎるりゅい」

ひみちゃんとビミィが次々に口にする。

二人にとって、私が勝つという予測はまるでないようなのが悔しかった。クリスタル一つくらいなら、あのひみちゃんに勝った能力でどうにかなるかもしれないじゃないか！

手放しで褒《ほ》めてもらえてトントン拍子に正式入部決定、というのをイメージしていたのもあって、先輩の提案にはフラストレーションが溜《た》まるばかりで。

カッと熱くなった感情のまま、言い放ってしまう。

「よーし、じゃあやりましょ！　もしクリスタルを一つでも壊せたら、約束通り帰宅部員としてこのお屋敷に一緒に住みますからね！」

「なんか約束を勝手に付け足してるりゅい……？」

そのくらいの要求はしてもいいはずだ。ふんす、と鼻息荒くして、ＯＫを貰《もら》うまで一歩もここを動かない構えだった。

「ねえねえ、考え直しなよー！　もしダメだったらまた無所属なんだよ？　また寝袋マンに逆戻りだよ？」

ひみちゃんがあせったように止めてくれる。でも、その寝袋マンっていうのはどうにかならないだろうか。え？　もしかして陰で私のことそう呼んでたの……？「エルナちゃん（寝袋マン）」だったの……？　せめて、せめて寝袋レディにしない……？

でも、いくら止められても一度決めたことは覆さないのが寝袋マンの信条なんだ。……って、寝袋マンっていうのは受け入れるの私!?

「負けないんだから！　明日の放課後、決戦ですから!!」

びしぃ、とベッドの上に立ち上がり、星鎖《せいさ》先輩を見下ろすようにして言ってしまった。

「あーあ、りゅい」

言っちゃった、みたいな空気でビミィが手で顔を覆う。

大丈夫、完全に勝てって言われたら別だけど、一撃うまく当てたらいいだけの話なんだ。きっといけるはず！　と楽観的に自らを鼓舞する。

星鎖先輩の意味深な「もう結末は見えているのだけど……ね」という囁《ささや》きには、最後まで気付けないままで。

＊

クルミ先生に車で送り届けてもらったのは、最早《もはや》住み慣れた感さえある寮。でも、

「今夜も寝袋なのー!?」

戻ってきて叫んだ場所はといえば、当然のようにマイ寝袋の前だった。まだポイントが反映されたわけではないとはいえ、現実は過酷だった。

「寝袋はいいとして、ここ一応廊下なのにエルナちゃんカスタマイズしすぎてない……?住みやすく改造してるのかなぁ」

そうなの、そうなの！　ひみちゃんよくぞわかってくれました！

いや、パッと見ただけで一目瞭然《りょうぜん》かもしれないけど。

我が物顔で好きなアイドルのポスターを貼《は》り付《つ》け、ダンボールで簡単な壁を作り、そのままだとお家《うち》がないのでダンボールに住んでいる人感が前面に出てしまいかねないので、自己流で模様を手書きして壁紙風にアレンジ。

なんせ寝袋生活が長いもので、居心地《いごこち》をどう良くするかが至上命題だったのだ。寝袋を出るためにポイントを貯《た》めよう、ではなくて、寝袋は受け入れてどう快適にしようかと考える辺りが情けなくはあったけど。

「いつ撤去されてもおかしくないりゅい」

「なんで⁉　地上げ反対だー‼」

「元々エルナの土地でもなんでもないりゅい⁉」

これだけ長く住んで、愛着もあるんだからもう私の場所と言ってしまっても過言ではないのでは？　すぐにでもちゃんとした自分の部屋が欲しい、速攻で引っ越したいと思ってはいるけど愛着はあるよ。ほんとだよ⁉

ぺしぺし、と興味深げにダンボールの我が家を叩《たた》いていたひみちゃんが、「うっ」という声を漏らして、

「じ、じゃあひみは自分のお部屋に帰るね～？　明日がんばってねー‼」

と、青ざめた表情で逃げるように帰っていってしまった。急にどうしたんだろ？　ゆっくりしていけばいいのに。この場所じゃゆっくりできないってか⁉　ダンボールの暖かさを甘くみないでほしいね！

「エルナ、これ……」

ビミィが指差した先を見ると、先ほどひみちゃんがいじっていた辺りのダンボールが破損して無残な状態になっていた。

「……ひみちゃん――――⁉」

体重をかけて手をついたらしい部分が壊れて、取り返しのつかないことになっていた。

ガムテープで補修することもできるだろうけど、そうすると見た目が悲しすぎることになるのだ。ダンボール感がマシマシになるのだ。

どうせ明日星鎖《せいさ》先輩に勝つまでの我慢だし！　と自らを鼓舞する。

おとなしくモゾモゾと寝袋に入りだす私を見てビミィもかける言葉がないのか、おやすみの一言もないままに、そーっと飛び去ってしまった。

「いいんだ、いいんだよ。どうせ私なんて寝袋マンだもん」

寝袋で眠ることが当然になりすぎて、自分の部屋が与えられてもベッドの上に寝袋を置いてそこで寝そうで怖いくらいなのだ。いくらなんでもシュールすぎるからそれはやめておきたいところなのだが。

明日からは帰宅部に正式入部で星鎖と一緒のお屋敷で生活だ、と既に勝ったような気分だった。対抗戦も含めて色々ありすぎて、気が付かないうちに余程疲れていたのか、目を閉じるとすぐに眠りに落ちてしまった。

寝言で私が、

「むにゃむにゃ……これはバカには寝袋に見えてしまう高級ベッドなんだぞー。ふかふかでモフモフなんだぞー」

と言っていたという廊下の通行人からの目撃証言《もくげきしょうげん》を後日聞いたけれど、悪質なデマであると思いたい。

だってそんな寝言、あまりに悲しすぎるでしょ……？

第二楽章　無気力クーデター

祝福されずに生まれてくる子供なんて存在しない、と教えてくれたのは何の物語だっただろう。

それはドラマだっただろうか。それとも小説だっただろうか。

記憶が曖昧《あいまい》なのは、俺が全くそれを信じることができなかったことと無関係ではないのかもしれない。

赤間遊兎《あかまゆうと》、演劇部代表。誰にでも好かれて、友達の数は数え切れない。

そんな自分を〝演じる〟ようになったのは……一体いつからだっただろうか？

昔を思い返すと、そのフレーム内に必ずいるのは弟だった。

「ゆと兄ちゃん、ゆと兄ちゃん！　ぼくが親戚《しんせき》のおじさん役をやるからゆと兄ちゃんはミラクルマン役ね！」

「ごめん、全然わかんない。何ごっこなんだそれ。親戚のおじさんってミラクルマンにどう絡んでくるんだ⁉」

天真爛漫《てんしんらんまん》で人懐っこくて、兄である俺のこともごく普通に慕って甘えてくる弟だった。

ただ、ごっこ遊びをする時に変な配役を考えるのだけはやめてほしかった。

俺の演技への対応力の原点がそれだったのかも、なんて考えたくもない。

「う～ん、簡単に説明するとね、ミラクルマンの正体を偶然見ちゃって、それをネタに暴露本を出版してお金を稼ごうとする親戚《しんせき》のおじさん役だよ～」

「そいつ最低かよ！」

きゃっきゃと笑う弟の頭を撫《な》でることが、好きだったんだ。

ただ、俺は弟のように上手に笑うことができなかった。どんなに楽しいことがあっても、感情を表に出すことが苦手で。

弟とは真逆。弟が表だとするなら、俺はいつだって裏で。

公園に遊びに行けば、すぐに知らない子たちと打ち解けて友達をたくさん増やして帰ってくる弟。

同じように遊びに行っても、誰にも声をかけられないまま、輪に入ることさえできずにただ見ているだけの俺。

きっとそのせいなんだろう。両親は弟ばかりをかわいがって、俺はそっぽを向かれて追いやられて……俺だけ蚊帳《かや》の外ということが多かったように思える。

「なんで同じようにかわいがってくれないの？　同じ子供なのに？　なんで俺だけ？」

そんな風に聞くことさえもできずにいて。

閉じこもっていた殻はどんどんブ厚くなっていく一方で、物語で見るような幸せな家族、というものが自分抜きで成立している状況が悲しくてたまらなかったんだ。

ただ、見えていたそれはきっと歪《いびつ》な幸せで。

……無理矢理《むりやり》に取り繕ったような家庭が壊れるのは、一瞬だった。

「ゆと兄ちゃんは？　ゆと兄ちゃんはなんで一緒にいかないの？　ねえ、なんで？」

「あの子はパパと一緒に暮らすの。ほら、行くわよ」

弟とママの会話を呆然《ぼうぜん》と聞きながら見送ったその光景は、今でも夢に出てきて俺を壊そうとしてくる。

ママは最後まで俺の顔を見ようともせず、何も声をかけずに出て行ってしまったっけ。

「ああ、俺が上手に笑えないから。欠落のあるできそこないだから、必要ないんだ。だから、置いて……捨てていかれたんだ」

祝福されずに生まれてくる子供なんて存在しない、なんて幻想でしかなかった。

その時に決意した。歯を食いしばって。こんな思いはもう二度としないように。

弟のように、誰からも好かれる「赤間遊兎《あかまゆうと》」を演じて生きていくことを。

前向きな、決して気力に溢《あふ》れたものなんかじゃない。

これは……無気力な、一人ぼっちのクーデターだ。

他人を欺くには、まず自分から。

「自分さえ騙《だま》すのさ。……やれるだろ？」

＊

チャイムが鳴って、授業がようやく終わった。

正直放課後のことで頭がいっぱいすぎて全く集中できなかった。

ビミィにはいつも集中してないりゅい、と言われてしまいそうだけど、普段はクルミ先生の美しいお顔を集中して観察したり、クラスの女の子達の絶対領域に熱い視線を向けることにこれ以上ないくらい集中できているよ？

これでも集中力には定評があるのだ。「一宮《いちのみや》さんはムダなことにだけは集中できますよね」って言われたことがあるけど褒《ほ》め言葉だよね？　嫌味《いやみ》じゃないよね？　ねっ？

全《すべ》てをいい方に受け取るのは自分のいいところだって思うんだよ。人生、楽しく生きなきゃもったいないもんね！

というわけで、対戦場所として開放されているグラウンドにやってくる。

隠れる場所はそんなにないけれど、広々としているのでスピードが生かせそうなバトルフィールドだ。

まだ対戦開始までは時間があるので、封鎖結界も発動していない。応援に来てくれた人や噂《うわさ》を聞きつけて来たらしい観戦希望者の姿がちらほらと見える。

「んー、いい天気！　絶好のエルナちゃん日和《びより》だね！　今日をエルナデーとして二人の祝日にして、毎年この日は僕とデートすることにしたいんだけどどうかな？」

シグレが伸びをしながらまたアホなことを言っている。応援しにきたとは言っているけど、それなら私のやる気を削《そ》ぐような発言は控えていただきたいよね。

「普通の祝日は最高にハッピーだけど、もしそんなことになったら毎年その祝日の日だけは確実に熱を出して寝込む自信があるよ」

ただ、シグレが来たことで肩の力が抜けたのも事実で。計算だとしたらなかなかやる従兄《いとこ》なんだけど、

「寝込んだら一日中僕が看病する日にしよう！　熱で弱ったエルナちゃんは素直になって可愛《かわい》いんだよね！」

多分そんなことはなく、天然で言っているだけだ。残念すぎる……。

あっちいけー！　とシグレを軽く蹴《け》りながら遠ざけようとしていると、

「一宮《いちのみや》ちゃんはいつでも賑《にぎ》やかだなぁ」

赤間《あかま》君が少し離れたフェンスの上に座りながら声をかけてくれた。いつも演劇部員に囲まれているイメージだったけど、今は珍しく一人みたい。

「おー、赤間君〜！　わざわざ応援に来てくれたのー？」

やっほー、と歓迎すると、自分の端末を取り出して指差し、

「これを見てきたんだよ。一宮ちゃん、随分と写真写りがいいね？」

見てごらん、とイタズラっぽく笑った。

写真？　なんだろう？　シグレも気になるのか、すぐに自分の端末を起動して見ている。

一緒になって覗《のぞ》き込《こ》むと、さっき更新されたばかりなのか、新着として点滅しているのは学園新聞のアイコンだった。

「な、なにこれぇ――!?」

〝注目の模擬戦！　話題の新入生 一宮エルナVS帰宅部代表 御神楽星鎖《みかぐらせいさ》〟

記事の見出しは、まあいいだろう。大々的に扱ってもらって気分が悪いわけがない。

でも、でもだ。

「この写真、模擬戦と全くカンケイないっていうか、前に撮ったヤツじゃんー！」

そう、使われている写真だけが問題だった。この記事こそ、昨日の対抗戦中の凛々《りり》しい私の画像を使用してしかるべきだというのに。

写真を見たシグレが頬《ほお》を赤らめて嬉《うれ》しそうに、

「な、なんで水着姿でグラビアポーズを……!?　いいね！　これいいね!!」

グッ、と親指を立てて喜んでいた。

「違うの、違くないけど違うの！　これはボツになったはずの写真なのっ！」

まさかこのタイミングで使ってくるなんて……、と絶望的な気分に襲われる。他の衣装の写真も今後、妙な所で採用されてしまいそうで身震いした。

シグレが画像を保存しようとしているのを止めつつ、赤間《あかま》君に抗議する。

「これをからかいに来たのー!?　応援しにきてくれたのかなって喜んじゃった私の立場がないよ！　ふーんだっ！」

赤間君は手をひらひらと振って、器用にフェンスの上に立ち上がったかと思うと写真の私と同じポーズをとりはじめた。

「むきーっ、許さんー!!　殴るから、今から殴りにいくからそこを動くなー!?」

「大丈夫、同じポーズだけどエルナちゃんの方がずっと魅力的だからね」

そう言ってシグレがフォローしてくれるけど、それって本当にフォローになってるのかな……？　比較されること自体が屈辱的なんですけど。

一応女の子ですよ？　いやまあ赤間君なら女装も似合うだろうけどさ……。

そんな赤間君を殴るのは冗談としても、ちょっと近くで文句だけ言ってこようかなと思っていると、今度は誰かがぱたぱたと走り寄ってくる音が聞こえてきた。

振り向いて足音の主を確認すると、そこにいたのは、

「わー、良かったのです！　間に合いました！」

「あー！　アスヒ君じゃない！」

まだ模擬戦開始前だとわかってホッとしたように一息つく、天文部の射水《いみず》アスヒ君。

「オマケのように一緒になって変な生き物もくっついてやってきたけれど、それはどうでもよかった」

「それってオイラのことかりゅい!?　内心で思うだけのことが言葉に出てしまってるよ!?

単純かつ致命的なミスを犯してるりゅいよ!?」

「ごめんごめん、わざとだよー！」

「もっと悪いりゅい……。お願いだから、どうかミスであってほしかったりゅい」

ぼやきながらビミィがガックリと肩を落とす。

アスヒ君は緊張したようにシグレにもぺこぺこと挨拶《あいさつ》をして、律儀な子なんだろう、少し距離のある赤間君にも小走りで近づいて頭を下げようとする。

「おはようございますですっ、天文部の射水アスヒです……って、あれ？」

「…………っ！」

アスヒ君が声をかけようとするや否や、すぐにそっぽを向いて立ち去ってしまった。

おや？　一体どうしたんだろ？　シグレに視線だけで聞いてみても、僕にもわからないよ、とばかりに困った顔をされるだけだった。

状況がわからないのはビミィも同じようで、不思議そうにふよふよと浮遊していた。

「……ボク、なにか気分を害するようなことをしてしまったでしょうか……」

本人にも心当たりはさっぱりない様子で、アスヒ君がしょんぼりしながら戻ってくる。

はっ、これは！　この空気は私がどうにかしなくてはいけないよね！　エルナちゃんにお任せあれ！　そんな謎《なぞ》の使命感に駆られて、

「違うんだよ！　赤間《あかま》君はあの……ね！　我慢してただけなんだよアレを！　緊急事態だっただけなんだよ！　わかるでしょ、アレアレ！」

適当なことを言ってごまかすことにしてみた。

「アレ、ですか……？　あ！　ああっ、なるほど!?」

ぽけーっとしばし悩んだ後、何事か思い浮かんだのかなぜか赤面するアスヒ君。どういったことを想像したんだろうか。気になる。

「アレなら仕方ないですよね。この場には女性もいるわけですし……」

「……？　そ、そうだ、ね？」

とりあえず同意してはみたけど、マジで何を想像したのアスヒ君……!?　謎は深まるばかりだった。

シグレもアスヒ君も、ひとしきり激励の言葉をかけてくれてからは、集中したいだろうから、と気を使ってグラウンドから出て行ってしまった。

残っているのは、私とビミィだけ。端末を確認すると、もう開始時間が迫ってきていた。

ふぃー、と一息つく。思えば、なんの作戦も立ててきてないや。

帰宅部に正式入部できるかどうかが決まる重要な模擬戦。

しかも相手はあの憧《あこが》れの女神。

こういう時、私はどんなに頭で考えてもその通りには行動できないし、こんがらがってワケがわからなくなるだけだと自覚していた。

「やるっきゃない、よねっ！」

それに正直、不安や心配よりも、ひみちゃんとの対抗戦でも感じたあの感覚を、もう一度味わえることへのワクワクの方が遥《はる》かに勝っている。

「新聞部のおかげで、学園内ではただの模擬戦とは思えない程の注目度だりゅい。部によっては、活動を中断してみんなで試合映像を観戦するような部もあるとか。星鎖《せいさ》が戦うシーンは、なかなかお目にかかれないからね」

見られることで燃えてくる……というとなんだか誤解を招きそうでアレだけど、私は明らかに注目されることでテンションが上がっちゃうタイプだ。

ビミィはそれをわかっていて、わざと煽《あお》ってきているんだと思った。ビミィなりの気持ちの後押しなんだろうな、と考えると嬉《うれ》しくなってくる。

映像の配信もされるとなると、学園の女子達に少しでもかっこいい姿を見せなくてはいけないよね、と気合いも入ろうというものだ。

「むんっ！　ふんっ！　とぉー！」

「……エルナ、どうしたんだりゅい？　急に張り切りだしてアクロバティックなポーズを次々と」

「決まってるじゃん！　勝ったときのために決めポーズを練習してるんだよ！　格闘ゲームでもあるでしょ、ああいうのがしたいの！」

大袈裟《おおげさ》な掛け声と共に、ああでもないこうでもないとポーズを試していく。

ビミィはもう何も言う気もないらしく、ただただ静観するつもりらしかった。

「ポーズだけじゃ物足りないかなー。あっ、キメ台詞《ぜりふ》もびしぃっと言いたい！　こういうときじゃないと言ったら許されないレベルの恥ずかしいやつを！」

「恥ずかしいとわかっていても言いたいのりゅいね……難しい世界だりゅい」

わかってもらえなくったっていいんだ。でも、ゲームが大好きな私としてはずっと憧れてたんだから仕方ない。

とにかく練習しなくてはと、すぅ、と息を吸って叫ぶ。当然ながら表情も完璧《かんぺき》に作りながらだ。

「判決を言い渡すっ！　敗北という大罪によって、エルナちゃんに夢中になっちゃう刑に処すよ！　異議は認めないんだからねっ！」

キラリーン☆

決まった……。思わず目を閉じて余韻に浸ってしまう。声色まで変えてのキメ台詞《ぜりふ》だ、ビミィもきっと感動間違いなし。夢中になっちゃう刑を自ら進んで、喜んで受けてることに疑いはないよね。

そう思ってチラリと薄目をあけてビミィを見ると、

「……おえぇ」

「なんで吐きそうになってるの⁉」

失礼すぎた。私が求めていた反応はこんなんじゃないのに。あー、気になったのはもしかしてあそこかな？　全くビミィは細かいんだから。

「ちょっと声が裏返ったからもう一回やりなおしていい？」

メンゴメンゴ！　と極めて軽い調子で謝罪のポーズをとりながら確認してみる。

「そういう問題じゃないりゅい！　そこはどうでもいいっていうか、声が裏返ってたのにも気付かなかったよ⁉」

じゃあどこに文句があるの！　と追及しようとしたところで、ビミィの目が何かを発見したように一点を見つめていることに気がつく。

それとほぼ同時だっただろうか。端末に設定していた、模擬戦の開始時刻を知らせるアラームが鳴り響く。その刹那《せつな》、辺りの空気感が一変した。まるで空の……世界の色まで変化したような気がしてしまうのは、ただの錯覚だろうか。

「グラウンドと外部との間に結界が張られたんだりゅい。この瞬間からバトルステージ内にいるのは、エルナと星鎖《せいさ》。そして審判役のオイラだけだりゅい」

星鎖先輩は時間ギリギリでようやく到着ということらしい。

「いいな、いいな！　私もそれにしたかったな！　主役は遅れて颯爽《さっそう》と登場！　みたいなのが良かったよ！」

遅れて登場どころか、だいぶ早めに着いてポーズやキメ台詞《ぜりふ》の練習とかしてた。ああ、取り消したい、やりなおしたい！　リセットボタンがあるのなら一思いにポチッといってしまいたいよ！

そんな葛藤《かっとう》にも素知らぬ顔で、というよりも眠そうな目をこすって明らかな寝起きフェイスで、星鎖先輩は小さく欠伸《あくび》をしながら歩み寄ってくる。

颯爽という単語とはかけ離れているけれど、それはそれで絵になってしまっているのが羨《うらや》ましい限りだった。

「美人は得だよね。早起きが三文の得なら、美人は百万ドルの得だよね」

「生まれたときから大富豪!?　しかも通貨の種類さえ変わってるりゅい!?」

舌で唇を舐《な》めて、女神の第一声を待つ。黙ってしまえば、彼女の足音以外は無音。

爽《さわ》やかな風が、緩やかに髪の毛を揺らしていた。

結界があっても風は通るんだ、なんてぼんやりと思考しながら、徐々にモードを切り替えはじめていた。

……ふざけたことをするのも言うのも、ここまでだ。

「おはよう。もう準備はできている？」

「へっへー、帰宅部に正式に入部する準備はいつだってオッケーですよ！　星鎖先輩っ」

端末からの、残り二十秒という音声案内を聞きながらにこやかに答える。

二人の距離は縮まり、女神の腰についている端末からも同じメッセージが流れているのが聞き取れるくらいになっていた。

「違うわ」

「え？」

星鎖先輩はまだ眠たげな声で、明確に否定する。

「――負ける準備はできている？　と聞いたのだけど」

薄く笑って、まるで射殺すような眼差《まなざ》しで。

星鎖先輩が今まで見せたことのない表情に、思わず身震いしてしまった。

模擬戦だと思って気を抜いたら、瞬時に全部のクリスタルが破壊されてしまうと確信した。

ゴクリと唾《つば》を飲んで、気を引き締め直す。端末から流れた残り五秒という音声案内に被《かぶ》せるようにして、

「生憎《あいにく》、後ろ向きな準備はしない主義なもので！　この試合を見ているみんなをあっと驚かせてやりますよー！」

一際強く宣言してから、その場から大きく飛《と》び退《の》くように後方にジャンプする。

それと同時に、戦闘開始の合図が鳴った。

「まずは相手の出方を窺《うかが》って……！」

瞬発力では劣るわけがないという自信がある。激しく動きまわっていれば簡単に捕まるようなことはないだろうという確信めいた思考の元、グラウンドを走り回ることにした。

星鎖《せいさ》先輩がどんな戦い方をするのか、能力はどんなものなのか。情報は皆無で、見極《みきわ》める時間が欲しい。

昨日体感した通り、学園に入る前と比較して運動能力が圧倒的に向上している。文字通り風を切るような感覚は、これまで体感したことのないレベルのものだった。

「で、女神はどう動いてきているのかな……？　ってえええええ⁉」

思わず足は止めないままで二度見してしまった。

「開始位置からただの一歩さえ動いていないいりゅい」

審判を務めるビミィの声が、僅《わず》かに届く。けれど、そこに驚きの色はどこにもない。

そうくるだろうな、とビミィは予測していたんだろうか。しかも、よくよく見てみれば、

「棒立ちどころか、半分寝てない!?　いや寝てるね！　あの首カクカクっぷりは完全に寝てるやつだよね！」

眠ってるなら動いていないのも当然だ。憧《あこが》れの先輩だけど、こうもこけにされると流石《さすが》に腹も立ってくる。

「そっちがそういうつもりならっ……！」

星鎖先輩は油断しているのだろ。ひみちゃんとの勝負を決めたあの能力を発動させるまでもない。直接体術でクリスタルを割ってやる！

思い切り地面を蹴《け》って、勢いあまりすぎてマフラーを翻し、前宙しながら突撃する。

クリスタルに届く射程圏内に入るまでの時間は、ほぼ一呼吸ほど。普通なら反応できるわけがない、と拳《こぶし》に力を込めた。

「ファーストアタック、いただきっ！」

ふんっ、とスピードに乗ったまま振るったパンチは、正確に星鎖先輩のクリスタルを手始めに一つ射抜いた、はずが……。

「…………ありゃ？」

ヒットした感触はなく、ただ拳は虚《むな》しく空を切ったのみ。

星鎖先輩は相変わらず、寝てるんだか起きてるんだか判然としない様子で立ち尽くして

いた。

意識して避けられたようにはとても思えない。けど、現実に攻撃はクリスタルにかすってさえいなくて。

「――もー！　それならこれでどうよっ！」

開始してから一歩も動かないままの先輩の周りをグルグルとまわりながら、パンチやキックをクリスタルに向けて放ち続ける。

中学時代に空手部の助《すけ》っ人《と》を経験したことだってある。そこそこ堂に入った、サマになっているアタックのはずだった。

それなのに、

「――当たらない!?　一発もっ」

足は動かさずに、上半身の傾きとそれに合わせたクリスタルの移動だけで全《すべ》ての攻撃が回避されてしまっているのだ。

ヒット重視で細かく刻んだ攻撃も、大振りのキックも。その全てがあっさりと、まるで子供扱いをするみたいにかわされてしまう。

なぜ、という混乱があせりを呼び、そしてそのあせりが綻《ほころ》びを生む。

自分の動きが散漫になったことに気付く時間さえ与えられず、一度下がって冷静になろうとした途端。

――パリンッ！

甲高い炸裂音《さくれつおん》と共に、退屈そうな表情をした先輩に、実にあっけなくクリスタルを一つ握《にぎ》り潰《つぶ》されていた。

「この試合を見ている皆さんを驚かせてしまったかしら」

星鎖《せいさ》先輩が、キラキラと輝くクリスタルの破片を掌《てのひら》から地面にこぼしながら囁《ささや》く。

「――あなたがあまりにも弱すぎて、ね？」

続けた言葉は、クスクスと嘲笑《あざわら》うかのように。

「ふー、そんなわかりやすい挑発じゃ、さすがのエルナだって引っ掛からないりゅい」

「むきーっ！　女神といえど許さないんだからーっ！」

「あー……思いっきり引っ掛かってたりゅい」

ビミィが何か言ってるようだけど、何も内容が入ってこないくらいレベルで頭に血が上ってしまっていた。

こうなったら、あれを使うしかない。こうなったらも何も、最初からこうしないとどうしようもないというのは心のどこかでわかっていた。

ひみちゃんとの対抗戦を映像で見ていない星鎖先輩。能力のことは口頭では説明したけれど、初見で不規則な弾道を見切れるはずがない。

いつの間にか乾ききってしまっていた唇をもう一度ペロリと舐《な》めて、昨日と同じように指先にエネルギーを集めるイメージを集中させる。

ただ、ここは確実にヒットさせたい場面。少しでも確実性を高めるために、環境をも味方につけることにした。

しゃがみこんで、その勢いのまま空高く舞うようにジャンプする。

放課後とはいえまだ眩《まばゆ》く輝きを放ち続ける太陽が、その頭上にあった。

「……なるほどね？」

少しだけ感心したように、星鎖《せいさ》先輩が片腕で日差しを遮るようにして空を見上げる。

「思いつきの浅知恵だってなんだっていい、今の私にできる、これが精一杯だ！」

人差し指を銃に見立て、未《いま》だ開始地点を動こうともしない先輩に向けて狙《ねら》い撃《う》った。

「テンションMAX！　いけいっけぇぇぇぇぇぇぇ！！！！！」

端末には、能力の発動の証《あかし》となる『能力：オモチャの銃』という文字が浮かんで……そして――！

「あ、あら？」

すぐに消えてしまった。指先を離れた光の弾丸は、星鎖先輩のクリスタルに向けてまるで生きているかのように跳ね回り、クリスタルを破壊する……ことはなく。

昨日撃った弾丸とは比較にならないほどの低速で、しかもクリスタルに届くことさえなく無音のままに消滅した。

「ちょっとー⁉　なんで昨日みたいにいかないのー⁉　もう一発！　えいっ、えいえい！」

指先にもう一度エネルギーを集めるイメージを膨らませる。けれど、もうそこから光の弾丸が射放たれる気配はなかった。

まずいよー！　まずいって！　このまま地面に降りたらそこで終わっちゃう！

先輩の頭上に、無防備な状態で着地することになる。そもそも、さっきの一撃で決めてしまうつもりだった。後先考えずに高く飛びすぎたー！

あちゃー、と顔を覆うビミィの姿が見える。人は危機に瀕《ひん》している時ほど冷静になれてしまうものなのかもしれない。

「やりたいことはそれでおしまい？　なら……」

星鎖先輩が気だるそうに、もう私の方を見ることもなく言葉を紡いでく。

「せっかくだから見せてあげましょう。私の能力……〝キリングアート〟を」

彼女の口から能力名が漏れ出たその瞬間から、大気の揺れる音がした気がした。

何のアイテムを持つこともなく、それは発動していたようだった。ハッとなって、新聞部のルミナさんの言葉を思い出す。

『ご存知《ぞんじ》でしたか？　アイテムなしで能力を発動させるなんてとんでもない芸当をやってのけるのは、ミカグラ学園内ではこれまで唯一。たった一人だけしか……存在しなかったんですよ？』

彼女が言っていたのは、女神の……星鎖《せいさ》先輩のことだったの!?

途端に、視界が暗転する。違う、これは私がまばたきしているだけ……？

スーパースローのように流れる時間。でも、その僅《わず》かな時間に、私に残されていた二つのクリスタルの割れる音がした。

どんな能力なのか、推し量ることさえできない。

暗転から意識が戻ったときには、ただ地面に膝《ひざ》をついている私がいて。

「おつかれさま。残念ね」

開始地点から一歩も動かないままの星鎖先輩に、無感情にも見える様子で見下ろされていた。

クリスタルは無残にも全《すべ》て破壊され、その細かな破片が遅れて頭上から降り注いでいた。

これで帰宅部への正式入部という話はなくなってしまった。

それどころか、

「そんなぁ……。また無所属に逆戻りー……？」

そう。振り出しに戻る、という最悪の出目《でめ》を引いてしまったことになるのだった。

＊

それからのことは、あまりよく覚えていなかった。

最後に星鎖先輩に慰めの言葉をかけてもらった気もするし、グラウンドから出るときにシグレとアスヒ君が心配してくれていた気もする。

いつも元気印だけが取り得みたいな私がこんなにショックを受けて落ち込むことがあるだなんて、予想もしていなかった。

大した根拠もなく昨日の勝利だけで妙な自信に満《み》ち溢《あふ》れていた自分が、今はとにかく恥ずかしい。

「はぁ～……」

どんよりと深すぎる溜息《ためいき》を吐いてしまう。

なーにが勝利のポーズの練習だ。なーにがキメ台詞《ぜりふ》だ。さっきの映像は、学園中に注目されて見られていたのだ。

「明日から学校行きたくないよぉ～！　寝袋から出たくないよぅ～！」

星鎖《せいさ》先輩のお屋敷への引越しという夢物語は叶《かな》わずに、しかも無所属に戻るということはポイント貧乏のまま日々を送るということに他ならない。

なんで今朝は奮発してあんなに高いモーニングセットを食べちゃったんだろう⁉　私のアホアホアホ～っ！

「元気を出すりゅい、エルナ。星鎖は学園でも指折りの実力者。能力を披露してくれたということは、それだけエルナを評価しているんだと思うりゅい」

模擬戦が行われたグラウンドからそう離れていない、建物の陰。ぺたんと座り込んだ私を気遣うようにタイミングを待って声をかけてくれたのはビミィだった。

きっと、ビミィはこうなることがわかっていて。それでも、戦う前から私の士気が下がるようなことは決して言わないでくれていたんだろうな。

「はぁ……これで見た目がもう少しかわいかったら、生徒の間で不人気なんてことにはならないのにね」

「不人気なのかりゅい⁉　それは初耳だよ⁉」

小動物キャラっていうのは、大抵女子の間でちやほやされるものなのだ。それがない時点でお察しだった。

ビミィが来てくれて、じゃれあうことで沈みきっていた気分も紛れてきた。

学園生活はまだ始まったばかりで、これからもここでやっていくのは何も変わらない。

負けて恥をかいたから逃げ出そうとか、そんなタイプじゃないのだ。だって、ここから這《は》い上《あ》がっていって一番をとれたら、それって超かっこいいじゃん!?

そう思えば、同じ負けるなら今くらい派手に負けても良かった、と自分らしいプラス思考にもなれる。

でも、何が原因で勝てなかったのかという疑問とはしっかりと向き合わないとならないだろう。オモチャの銃、という名称らしい自分の能力。その発射口となる指先を見つめながらビミィに問う。

「どうしてひみちゃんの時みたいに上手《うま》くいかなかったんだろ？　エネルギー切れみたいなこと？」

私の純粋な疑問に、ビミィも真剣に考え込んでしまう。

「要因はいくつか思いつくりゅい。まず一番可能性が高いのが……」

言いかけたところで、どこからか紙パックが優しく飛んできた。

「うおっとぉ!?」

危うくそのまま顔に直撃しそうになったけれど、両手で真剣白刃取りの構えでどうにかキャッチすることに成功する。

ぶつけてやろう、という悪意のこもった投げ方では決してなかったけれど、ここは一言文句を言っておくべきだろうと相手を見る。

「よお、新入生。こんなところに隠れて泣いてんのか？　ん？」

「九頭竜《くずりゅう》……先輩!?」

美術部代表の九頭竜京摩《きょうま》先輩が、私に投げた紙パックの牛乳と同じものをちゅーちゅー吸って飲んでいた。

「さっきの御神楽《みかぐら》との模擬戦、俺も映像で見てたぜ。ま、新入生じゃあんなもんだろ」

それは嘲《あざけ》るような雰囲気でもなく、単純に感想として述べているようなあっさりとした言い回しだった。

私の手の中に収まっている牛乳を見て、いいから飲めよ、と視線の動きだけでジェスチャーをされる。

「私は新入生じゃなくて……いやあの新入生であることは間違いないけど！　一宮《いちのみや》エルナっていう由緒正しき名前があるので！」

「……由緒正しいのかりゅい？」

そこは適当に言っただけなので追及しないでほしい部分だよね。

「ああ、悪かったな。名前をちゃんと覚えてなかったんだよ……エルナ。これでいいか？」

九頭竜先輩はぶっきらぼうに、どこか面倒そうに言う。でもその奥に微量の照れを内包しているように見えるのは目の錯覚だろうか。

「エルナでもエルルンでも好きなように呼んじゃってくださいよー！　あっ、それと」

「あ？」

まだあるのか、とでも言いたげな胡乱《うろん》げな表情をされてしまう。でも、とても大切なことなのでこれは伝えておかないといけない――！

「私、牛乳飲めないのでっ！　他の飲み物にチェンジお願いできますかっ⁉　主に値段の高い飲み物を好む生き物です！」

両手でバツを作り、可能な限りキャッチーな拒絶の仕方をしてみた。

ウインクをしながら、えへっ、という感じでベロも出している。

「……オイラ、エルナのこと尊敬するりゅい……。どんな人生を歩んできたらそんなハートの強さを得られるのか興味深いりゅい」

なぜだかビミィが畏《おそ》れのようなものを感じているようだけど、無理して飲むのも嘘《うそ》をつくみたいでなんだか失礼だと思うんだよね！

あとで牛乳が嫌いだった、ってことがバレた時に心証が悪いって思ってしまう。自分なりの誠実さのつもりだった。

そんな気持ちを素直に受け取ってほしい。そしてできればもう少し女子ウケのするジュースを買ってきてほしい！

私の想《おも》いとは裏腹に、九頭竜《くずりゅう》先輩の反応は、

「エルナ、おまえ俺の買ってきた牛乳が飲めないってのかァ!?　あぁ!?」

ブチギレだった。一片の曇りもなく、誰がどう見ても激怒状態だった。ビミィは「そりゃそうだりゅい」と我関せずといった様子で、どちらかというと九頭竜先輩に同情してるようでもある。

「えっ、普通に飲めないですけど……。九頭竜先輩が買ってきてくれたからって味が変わるとかじゃないんで？」

私としては正論で返す他に選択肢がないのだ。

九頭竜先輩は怒りを通り越して呆《あき》れ果《は》てたといった反応で、ツカツカと歩いてきたと思えば私の手から牛乳を奪い取って自分で飲み始めた。

「あのなぁ！　牛乳はなぁ！　栄養たっぷりでなぁ！　体にいいんだよ!!　クソっ！」

「言葉は乱暴だけど、基本的にはいいことしか言ってないりゅい……」

ビミィの言う通りだった。九頭竜先輩は一気に牛乳を飲み干したかと思うと、キョロキョロと辺りを見回してゴミ箱を見つけて、私に投げてくれた時とは違い全力で投げ捨てていた。

一見すると荒くれ者のようだけど、律儀にゴミ箱を探して捨てている辺り、根っこの部分での人の良さが出てしまっているようだった。

「……なに見てんだよ？」

「いえいえ、牛乳がよっぽどお好きなんだなーと思いまして！」

ニコニコと返すと、そういうわけじゃねえよ牛乳飲むと元気になれるからよ……と小声でブツブツと零《こぼ》していた。

美術部に体験入部をさせてもらえないかと尋ねていった時も、そっけなく門前払いされてしまったようで、何か渡そうかどうか迷っているような素振りをしていたのを思い出す。

もしかしてあれも牛乳だったんじゃ……？　と確信めいた予測に、ニンマリしてしまう。

なーんだ、あの時も元気付けようとしてくれてたってことかー！　このこのー！　と肘《ひじ》でツンツンとつっつくと、

「調子に乗るな、ウゼェ」

ゴツンと頭にゲンコツを落とされてしまった。そんなに痛くはない程度の軽いものだけど、「ご勘弁くだせー！　ひー！」と大袈裟《おおげさ》にリアクションをとってみる。

すると、一瞬の出来事だったけど、九頭竜《くずりゅう》先輩がふっ、と笑みを見せてくれたような気がした。あれ？　と思ってもう一度確認した時にはもう不機嫌そうな顔に戻ってしまっていたけど。

「勘違いするなよ。別にお前を探して慰めてやろうとか、助言してやろうなんて柄でもないことを思ってここに来たわけじゃないいんだ」

映像を見てから偶然通りかかって、私の姿を発見したから声をかけてやった、ということだったらしい。

それは本当のようで、この道を真《ま》っ直《す》ぐ進むと美術部の部室があるのだ。

でも、自動販売機までは少しばかり距離がある。発見したのは偶然とはいえ、その距離を戻ってわざわざ私のために牛乳を買ってきてくれたという気持ちが純粋に嬉《うれ》しかった。

……牛乳は飲めないいんだけどね。

「九頭竜先輩も今の試合、見ていたんですよね？　私の敗因って、なんだと思いますか」

ビミィともその話をしていたところだったと思い出して、美術部の代表という立場の九頭竜先輩にも聞いてみたくなった。

厳しいことを言われるかもしれない。それでも今は、多くの意見を聞きたかった。そして全《すべ》てを、明日からの糧にしたいと思った。

突然真剣になった私の声色に、どう言おうか悩んでいるのだろうか。九頭竜先輩はしばらく押し黙った後に口を開く。

「先に聞いておこう。エルナは、自分がなんで負けたと思ってんだ？」

「なんでって……。能力がちゃんと発動しなかったせい……ですかね」

もう一度自分の指先を見つめながら答える。体術が全く通用しなかった。もっと時間をかけて、地形を生かすことも視野に入れるべきだった。理由はいくらでも思い浮かぶ。

でも、一番痛かったのは頼みの綱の能力が不発に終わったせいだと思った。

「そうだな。だが俺からじたら……、いや、他の誰が見てもだろうな。能力が発動しない能力が発動しないのは必然なんだよ」

「オイラもさっきそれを言おうとしてたんだりゅい。星鎖《せいさ》は本当にスペシャルで、規格外。普通の生徒は、能力の発動には必ず媒介となるアイテムが必要なんだりゅい」

九頭竜《くずりゅう》先輩の言葉に、ビミィが付け足して言う。

けど、ひみちゃんとの対戦の時はアイテムなんてなくたってできたのに！

そんな私の内心を予想してか、ビミィがぴょっこりと尻尾《しっぽ》を跳ねさせて説明してくれた。

「通常なら、アイテムなしでは今日のエルナのような中途半端な発動さえしないのりゅい。それだけでも驚異的なのを自覚すべきだりゅい！」

九頭竜先輩も無言ながら、無愛想に同意するような頷《うなず》きをくれた。そして金に染めた自分の髪をわしゃわしゃとかき撫《な》でながら、こんなことを言うとまた調子に乗るだろうから言いたくないんだが、と前置きして、

「つまり、お前の……エルナの能力はまだ未完成ってことだ。もしアイテムがあったらどんな事になるのか。俺には想像もつかないぜ」

そう言い終えた後、あークソっ、やっぱ言わなきゃよかった、とそっぽを向かれてしまったけれど。

「そっかー、未完成かぁ。この類稀《たぐいまれ》なる能力が完成に至ったらエルナちゃん天下とれちゃうかー！」

そこまでは誰も言ってないりゅい、というビミィの突っ込みは無視しながら、拳《こぶし》を空に突き上げる。

「いいか、問題点は山積みだぞ。せっかくの身体能力も持て余して使いこなせちゃいない。能力も、書道部に撃ったのを見た限りじゃあ、弾道が一見不規則なようにも見えるが回避するだけなら容易だろう」

釘《くぎ》を刺すように、ほとんど吐き捨てるような勢いで私のダメなポイントを上げ連ねてくれる。

けど、結局九頭竜先輩が言いたいのって……。

「要は、まだまだ経験不足だということりゅい。九頭竜君は、見込みはあるって遠回しに褒《ほ》めてくれてるんだと思うりゅい！」

「そうだよね！　そういうことだよね⁉」

新入生歓迎パーティーでの出来事がきっかけで嫌われているとばかり思っていただけに、こうして評価してもらえていることに感極まってしまいそうだった。

「ありがとうございます、九頭竜先輩！　これからは師匠って呼んでもいいですか⁉　それか、絵の具ヤンキー……略してえのやんって呼んでもいいですか⁉」

「いいわけあるか！　ケンカ売ってんのか!?　仮に俺の苗字《みようじ》が榎本《えのもと》だったとしてもイヤだからなそれ!?」

いつもの癖でつい茶化《ちゃか》してしまったけど、師匠とは言わないまでも教えを請いたいのは本当だった。

言葉を選びながらどうにかそう伝えると、面倒はゴメンだとばかりに足早に逃げられてしまう。

「全く、これがあの〝ヒーロータイム〟の二宮《にのみや》の従妹《いとこ》だっていうんだから俄《にわ》かには信じられんな」

「……？　シグレの親戚《しんせき》だっていうことが？　それ、実は私も信じてないんですけどね？」

シグレが聞いたら泣き出しそうなことを言ってしまう。まさかいないよね？　とキョロキョロと辺りを窺《うかが》いながら。

「……あぁ、やけに馴《な》れ馴《な》れしいところだけは嫌になる程そっくりだな。じゃあな」

九頭竜《くずりゅう》先輩はそう言い捨てて、美術部の部室の方角へと歩いていってしまった。

途中、中空を仰ぎ見て何かを思い出したかのように引き返すと、再び自動販売機で牛乳を買っていた。

「本当に好きなんだりゅいね……」

「……見て、ビミィ。3本も買ってるよ。身長が低いことを気にした男子中学生だってあんなには飲まないよ」

　ヒソヒソと言い合いながら、出会った時のイメージとは全く違う九頭竜先輩の後ろ姿を見守っていたのだった。

＊

　夕焼けに照らされた石畳の広場を歩く。

　耳を澄ませば、そこかしこから部活動中の生徒達の声が聞こえてくる。

　明るい声も、疲労を隠し切れない声も、そのどれからも充実してます！　今私青春してます！　という爽《さわ》やかなメッセージを感じ取ってしまうのはあれだろうか。

　部活に無所属というポジションに戻ったゆえの妬《ねた》みがどこかにあるんだろうか……。

　新聞部ちゃんのせいで望んでいない形で顔も知られてしまったのか、こうして歩いているだけなのに視線を感じる。

　今朝まではその視線も心地《ここち》よかったのに、星鎖《せいさ》先輩に敗北したばかりの今は情けなさしかなかった。

「はぁ……。これからどうしよ」

　かといって、寮に戻ったところで待っているのは寝袋だ。

そんな現実を今すぐに突きつけられて元気でいられる自信は、さすがに持ち合わせていなかった。

私の様子を見かねたのか、ビミィが咳払《せきばら》いをして場の空気を盛り立てようと、必要以上に溌剌《はつらつ》とした声で語りはじめる。

「模擬戦が終わった後、星鎖《せいさ》が言った内容を思い出すんだりゅい！　あの時は茫然自失《ぼうぜんじしつ》って感じでそれどころじゃなかった様子りゅいが……」

惨めに敗れ去った後のことを思い返す。

そうだ、帰宅部の仮入部は解かれてしまったけれど、だからって冷たく見捨てられたわけじゃなかった。

星鎖先輩がくれた、私が前進するための指針！

「また無所属にはなるけれど、退学処分までの日数のカウントは一度リセットされているの。けれど、仮入部や転部の回数は年に一度までと明確に制限がされているから、次に入った部があなたの居場所になるのよ」

「ビミィ、女神の声と口調を真似《まね》してるつもりなんだと思うんだけど、早急にやめてもらっていいかな？　私、この年で犯罪に手を染めたくないんだよね……」

ぷるぷると震える自分の腕をおさえつけながら、押し殺したような声で警告する。

今なら、対象をビミィにして能力の発動も完璧《かんぺき》にできてしまうような気さえした。

「オ、オイラが悪かったりゅい。ちょっと雰囲気を和ませようとしただけで悪気はないんだりゅい……」

「事件が起こる寸前だったからね⁉　和ませようとしたんだよね？　殴らせようとしたんじゃないもんね⁉」

なんだろう、大切なモノが穢《けが》されていく感覚ってああいうことなのかな……。

ビミィが妙な真似をするからイマイチ内容が頭に入ってこなかった部分はあるけど。星鎖先輩は私に部活を、自分の居場所を探しなさいと伝えてくれた。

それは、もう一度私と戦える場所まで登ってきなさいと言われているようでもあって。

途端に、心が瑞々《みずみず》しく奮い立つ。とはいえ、

「あんなにたくさん体験入部してもしっくりくる部が見つからないのに、これ以上どうすればいいの～⁉」

まだ足を運んでいない部は山ほどある。けれど、その中に相性的にヒットする部がある予感が全くしなかった。

広場の端にベンチを見つけて、ぺたんと座り込んでしまう。

アンティーク調の真っ白なベンチは夕日色に鮮やかに染まり、そこだけ切り取れば一枚の絵画のように美しい光景だった。

「そこにエルナが映りこむことで、絵画から急にギャグマンガに変身するりゅい」

「うるさいよ!?」

人が真剣に考え込んでる時に全くもう！　とぷりぷり怒っていると、その冗談から繋《つな》げるように、ビミィは軽い口調でこう言った。

「入りたい部が見つからないなら、エルナ自身が新しい部活を創部したらいいりゅい。そしたらオイラが顧問を受け持つから！」

押し付けるでもなく、恩を売るようにでもなく、ただ気軽にそう口を開いて。

突然のことにぽかーんとして何も反応できずにいると、

「ミカグラ学園は知っての通り、とても自由度の高い学園だりゅい。文化部という体裁さえとっていたら、どんなに斬新《ざんしん》な活動内容の部でも大抵は創部を認められてしまうのだりゅい」

そして、「エルナならどんな部を創り上げるのか、それを近くで見ていたいんだりゅい」ビミィは臆面《おくめん》もなくそう言ってくれた。

その選択肢は全く考慮の外だったから最初はピンと来なかった。

でも。

「自分の考えた、理想の部、かぁ……」

そんなの、想像すれば想像するほどテンションが上がってきちゃうんですけど⁉

新入生歓迎パーティーで見た、強豪とされる部の代表者たち。そこに、もしも自分が立ち上げた部活が並べるようになったら。

そして、代表として彼らと堂々と渡り合えるようになったりしたら。

そんな日々が、刺激的じゃないわけがないじゃない⁉　夢は広がるばかりだった。

ビミィも同じような想像をしてくれているのか、ただ笑顔で見守ってくれていた。

「いつも笑顔が気持ち悪いなんて思っててごめん。今日のビミィ、かっこいいよ！」

「そんな風に思ってたんだりゅい⁉」

ひとしきり笑い合って、今後のことを相談する。部を作りたい、とはまだ口に出していないけど、そんな魅力的な提案をされたら選ぶ答えはひとつしかなかった。

「創部のためには最低3人が条件……だっけ？　この時期から集め始めるのって、実際問題なかなか難しいよね」

新入生が学園に入ってから、そこそこ時間が経過してしまっていた。体験入部先を探している間も、似たような境遇の生徒に出会うケースは極めて稀《まれ》だったと記憶している。

「しかも、エルナはさっきの模擬戦で大注目されて負けてしまったばっかりだりゅい」

「うん、弱い子が創ろうとしている部に入りたがる奇特な子がいるのかどうか……」

部の対抗戦での強さは、ポイントという形で所属する生徒全員に関《かか》わってくる重要な事柄だった。

誰も積極的に弱い部を選ぼうだなんて思わないはずだった。

けど、だからこそ。

「ハードルが高ければ高いほど、燃えてきちゃうもんだよねっ！」

これからの目標がはっきり見えてきたせいか、俄然《がぜん》やる気がみなぎってきた。

勢いあまってベンチの上に立ち上がってしまい、一応教師であるビミィに怒られたりもしながら。

陽《ひ》は落ちて一日は終わっていくけれど、それとは逆に……。

――色褪《いろあ》せない物語がはじまっちゃう予感に満《み》ち溢《あふ》れていた。


「部員候補へのアピールの場なら、実は格好の舞台になりそうなイベントがあるんだりゅい！」

ビミィが嬉《うれ》しそうな様子で教えてくれたのは、新入生なら無所属でも無関係に参加が義務付けられているというルーキー戦というトーナメント戦の存在だった。

その年の一年生の中で、現時点で誰が一番有力なのか。

順当に中等部からの持ち上がり組から優勝者が出るのか、あるいはまだ頭角を現していない受験組に隠れた才能が眠っているのか。

今後のミカグラ学園の勢力図を左右するとも言われている、大きな対抗戦だということらしい。

「そこで私が好成績を残せれば、注目も集まって部員も来てくれるかもしれないってことだよねっ⁉」

「その通りだりゅい！」

そんなの、聞けば聞くほど血が滾《たぎ》ってくるじゃないか。

好成績を残す、なんて生ぬるいことは言ってられない。

目指すは優勝あるのみ！

ひとつ残らず全部勝って、鳴り物入りで私の創る部をミカグラ学園に知らしめてやるんだからっ！

うおー！　と気合いを入れて叫ぶ長い影がふたつ、並んでいた。

今はふたつしかないこの影だけど、素敵な仲間を増やしていけるように、と、長い一日の終わりに、強く強く決意した。

「最ッ高の部を、創り上げてみせるぞーっ！」

「りゅいーっ！」

ビミィの、そのイマイチ気合いの入らない掛け声に顔を見合わせて笑いながら。

うん。きっと楽しいことになる！
そうに違いない！

第三楽章　有頂天ビバーチェ

「また負けたー！　もー、一個もクリスタル壊せないよー!?　触れることさえ許してもらえないの!?」

「へっへっへー！　何回やってももう負けないよーだ！　っていうか、どさくさに紛れて変なところ触ろうとしてくるのやめてよね、エルナちゃんー」

ルーキー戦で結果を残すためにはどうするべきか。

ビミィと夜通し相談した結論、というのは美化しまくった嘘《うそ》で、自分をいかに努力家であるように見せかけるかという点に重きを置いた酷《ひど》い嘘で、実際は「まぁまぁ、肩の力を抜いてまずは実戦経験から適度にね！」と数秒で決まった結論なのだけど、模擬戦の回数をこなして経験値をつんでいこうぜ！　ということになった。

ただ、ＲＰＧで例えるならまずはじめは地道にスライムから相手にするべきなのだ。けど、現在模擬戦の相手をしてくれているのはモンスターで例えるならばドラゴンだった。いきなりドラゴン相手は飛ばしすぎだ。

「もうちょびっとだけでいいから可愛《かわい》いモンスターに例えてくれないかなぁ？　それか、そもそもモンスターで例えるのやめてもらっていいかなっ」

「ごめん、ひみドラゴン！　謝るから炎吹かないでー！」

炎なんて吹いてないもん、とプンスカ怒っている書道部代表の八坂《やさか》ひみちゃん。

彼女が、今日の私の練習相手になってくれていた。

一度勝っているだけに、そこそこいい勝負ができるんじゃないかっていう思い込みの元で模擬練習をはじめたのだけど、これがさっぱり相手にならない。

何戦繰り返しても、クリスタルをひとつも壊すことさえできていなかった。

「やー、着替えておいてよかったよー。汗びっちょりだよ！　ちょりちょりだよ！」

「ちょりちょりー！」

ひみちゃんは響きがお気に召したらしく、そのワードだけ何度も口にしてきゃっきゃとはしゃいでいた。

それにしても、ビミィに言われてジャージに着替えておいたのは正解みたいだった。

「えっ、制服じゃだめなの？　ビミィって、ジャージフェチみたいなところがあるの？

それ、あんまり他人に言わないほうがいいと思うよ？」

「そんな特殊な趣味ないりゅい！　ひみちゃんが信じ込んで変態を見るような目でオイラを見てるから、誤解を招くようなことを言うのはやめてほしいりゅい！」

そんなやり取りがありつつも、半信半疑でジャージ姿に着替えていたのだ。

ただ、私がこんなにも汗だくなのにもかかわらず、ひみちゃんは汗ひとつかかずに涼しげな表情だった。

「これが本来の実力差なんだりゅい。潜在的な運動能力は桁違《けたちが》いにあっても、まだ上手に使いこなせていないんだりゅい〜」

空き教室を流用して設けられた、模擬戦専用の練習ルーム。そこを借り切って練習をはじめてから何時間が経《た》つだろうか。

すっかりバテてしまって壁に寄りかかっている私に講義するように、ビミィが言った。

「ミカグラ学園の授業カリキュラムに、対抗戦での戦い方なんてものは存在しないりゅい。だから、みんな各部活の先輩に教わったり、実戦経験を積んで覚えていくものなんだりゅい」

部活に無所属で、しかも高校からの受験組である私にとっては不利なことばかりだ。

今日はこうしてひみちゃんが模擬戦の相手をかって出てくれたけれど、彼女も書道部の代表という立場がある。

もちろん毎日付き合わせるというわけにはいかないのだった。

練習ルームと廊下との間の窓から見学していた書道部の子達が最初はちらほらいたのに、今では誰一人いなくなっていた。

ひみちゃんが個人指導する新入生はどんなものか、と興味を持って見に来たのに期待はずれだったということかな、とマイナス思考に陥ってしまいそうにもなる。

「さっ、これ以上やるとオーバーワークになっちゃうかもだから、休もうー。エルナちゃんが着替えてくる間に、占いしてあげるっ」

ひみちゃんが大筆をぶんっと振り回して宣言する。

「シャワー浴びて制服に着替え……っと。おっけーおっけー！ ……って、占い？」

占いって、あの占いのことだよね？ 朝テレビを見ていたら「今日のラッキーアイテムは！ バールのようなもの！」っていう明るい女子アナウンサーの声で紹介されて、「ねえ、バールのようなものってウチにあったっけー？」って母親に聞きに言ったら即刻病院に連れていかれそうになったやつだよね？

確かあれは星座占いだった記憶があるんだけど、私と同じ星座の人がみんなその占いを信じてバールのようなものを手に外出していたら完全にホラーである。そんなの世紀末もいいところだ。

それ以来占いはあまり信じないようにしてるんだけど、私だって一応女子だ。占いと聞いたら気になってしまう。

「当たるも八卦《はっけ》、当たらぬもカッケー！ だよっ」

なんだかよくわからない格言のようなことをふんふんと鼻歌混じりで言いながら、書道部らしく墨を取り出していた。どうやら武器でもある大筆をそのまま使って占うらしくひみちゃんはさっそく準備をはじめていた。

「ひみちゃんの占いは全然当たらないと学園でも有名なんだりゅい！　エルナも気軽に占ってもらうといいりゅい～」

「ビミィ、声が大きいから！　ひみちゃんがわかりやすく落ち込んでるから！」

占いの用意をしながらも、この世の終わりだ、みたいな表情で沈みきっているひみちゃんが痛々しすぎた。

ビミィのこの空気の読めなさは一種の才能かもしれないな……。

「じ、じゃあ恋愛について占ってほしいかなっ！　よろしくねっ！」

練習ルームの扉を開いて、シャワーブースに向かって一人歩き出す。

どうしようもないどんよりとした空気の中で残ることになるビミィは救いを求めるような瞳《ひとみ》をして何か言いたげだったけど、知ったこっちゃない。反省しながらその場にいればいいよ！

「ふぃー、さっぱりしたぞー！」

制服に着替えてシャワーブースから戻ると、練習ルームの中では目を疑うような悲しすぎる光景が繰り広げられていた。

正直、許されるのならば何も見なかったことにしてそのままどこかへ逃げたかった。けど、そうもいくまい。

「ただいま……。あの、私のいない間に一体なにが？」

顔全体に大きく『反省』という文字を墨で描《か》かれたビミィが、微動だにすることなく座っている。

……これって、土下座？

ひみちゃんは、ぷいっという感じで頬《ほお》を膨らませてそっぽを向いていた。

ビミィはこんな罰ゲームのような生物に生まれついてしまったけれど、こうは見えても大人で、教師だ。

それなのに、土下座だ。見てはいけないものを目の当たりにしてしまったような想《おも》いで、何かの時に使えるかもと無言でシャッターを切っておいた。

「撮影はお断りだりゅい!?」

悲痛に叫ぶビミィだったけど、ジト目でひみちゃんに見られてまたすぐに黙り込む。

「ふふっ、なんてねっ！　冗談冗談ー！　こんなことで怒ったりなんかしないよー？」

くるりとその場で一回転しながら、にぱっと笑顔に戻っていた。

「そ、それなら良かったりゅい」

冗談にしては顔に描かれた『反省』の文字になかなか消えない墨を使われていることが気になるりゅい……、と誰にも聞こえないくらいの小声で付け足したビミィは、精一杯の愛想笑いを浮かべてやり過ごしていた。

ビミィが必死に顔の文字を消そうと足掻《あが》いている間、不穏な空気など最初からなかったかのように、ひみちゃんが本格的に占いを始めていた。

「エルナちゃんの恋愛について、だよねっ。ちょーっと待ってね。すぐ占っちゃうからー！　……ほいさっさ、っとー！」

特大サイズの半紙を地面に置いて、何かを考え込むようにしながら大筆に墨をつけている。かと思えば、唐突に歌をうたいはじめていた。

「ピーマンがー♪　嫌いだからー♪　全部誰かにあげちゃうぞー♪　体にいいとかーそんなの知ったこっちゃないんだぞー♪」

ふんふんと歌いながら、さらさらさらっと流麗に筆を走らせている。

「た、確かに字は上手《うま》いんだけど、この歌は占いと何か密接な関係が……？」

それと、特に何かアイテムを使って占っている様子がなかったけど一体どういう形式の占いなんだろうか。

「できたー！♪」

「え!?　できたの!?　それで結局その歌はなんだったの!?」

ひみちゃんはただただ満足げにするばかりで、私の質問には答えてくれそうにない。

謎《なぞ》は謎で終わりそうな雰囲気だった。

生年月日だったりだとか、星座とか血液型とか、占いで必要になりがちな情報は最後まで求められることさえなくて。

何を根拠に占ったのかさっぱりわからないけど、ひみちゃんが可愛《かわい》いからまあいいか！

私にとって、〝可愛い〟は大抵のことを駆逐するだけの理由になってしまうのだ。

「これは……なんて書いてあるんだりゅい？」

ようやく顔の墨を落とせたらしいビミィが興味深そうに飛んでくる。

「なになに、えーと……」

書いてある文字を声に出して読んでみることにした。

『ひみちゃんに美味《おい》しいお菓子をあげよう。できれば毎日かかさずあげよう。そうすれば良い出会いがあるでしょう』

占いっていうかこれ単なるひみちゃんの願望じゃない!?　あと、字が半紙から大幅にはみ出てるのはなんで!?　筆のコントロール悪いの!?　ノーコンなの!?

ひみちゃんの方を見ると、得意げに両手でピースをしていた。いや、何も褒《ほ》めてないですけども……。

「あ、ありがとうございました……？」

とりあえずお礼だけ言っておいて、占いの話題からは離れることに決める。

「どういたしましてだよ！　あ、この作品はあげるから額に入れて飾ってもいいよ!?」

満面の笑みを浮かべて言われてしまったけれど、ホントに飾らないとダメだろうか。もし捨てたら呪《のろ》われたりするんだろうか……？


「よかったのです、まだいらっしゃいました！」

腑《ふ》に落ちないながらも占いの紙を持ち帰ろうとクルクル丸めていると、控えめなノックの後に練習ルームに一人の少年が入って来た。

青い髪の、儚《はかな》げな美少年。妹にしたい男子生徒ランキング、という実に矛盾に満ちた新聞部の記事で圧倒的な票数を得ていた女子力高めの、エルナと同じ新入生だった。

「アスヒ君だー！　どうしたの？」

天文部の一年生、射水《いみず》アスヒ君は相当急いでやってきたらしく、重そうな天体望遠鏡を下ろすと一息ついてから、また慌てたように喋《しゃべ》りだした。

「練習ルームでエルナさんが頑張っていると、書道部に入っているクラスメイトが話していまして！　ボクなんかでは力不足かもしれませんが、練習相手になれたらと思って来たのです！」

さっきまで廊下から見学していた書道部の子がどこかで話していたのを聞きつけてわざわざ駆けつけてくれたらしい。

おおお……。こんないい子がこの世に存在していていいんだろうか。この子に何か不幸なことが起こる未来があるのなら、どうか神様！　それは全《すべ》てビミィになすりつけてはいただけませんか！

「エルナ、何か言ったかりゅい？」

「ううん、ビミィが幸せになればいいなって。ただそれだけだよ」

ビミィは勘が妙に鋭いことがあるから気をつけなくてはいけないね。

それにしても、今日の練習相手がひみちゃんだけだったから、もう少し実力の近い子ともやってみたいと思ってたところだったんだ。

同じ一年生のアスヒ君なら、まだ勝負になるかもしれない。なんせ、どう見ても強そうには見えないのだ。もうジャージから制服に着替えちゃったけど、なんなら汗もかかずに勝てちゃう可能性すらあると思っていた。

「よーし、じゃあ一戦だけ手合わせお願いできるかな？　ビミィ、また審判お願いー！」

柔軟体操をしながら、端末を操作して練習ルームの起動を開始する。

どっちもがんばれー、と言いながら部屋を出て廊下から見守るモードに入ったひみちゃんにも余裕で手を振りながら、開始までのカウントを待った。

「よろしくお願いしますですっ！」

ぺこりと丁寧《ていねい》に頭を下げるアスヒ君に、軽く応じるように声をかけた。

「うん、最初から飛ばしていくからね！　ちゃんとついてきてよー!?」

カウントが終了して、戦闘がスタートする。

まずは小手調べにスピードでかく乱してみようかな、なんて頭の中で軽く作戦を組み立てていたその直後。

「……おお？」

そこには、天体望遠鏡をまるで砲台のように構え持っているアスヒ君の姿があった。

「行きます！　〝シューティングスター〟!!」

……結果だけ伝えよう。模擬戦は、その一発だけで決着がついてしまった。

「ごめんなさいです、ごめんなさいです！　そんなつもりじゃなかったんですっ！」

大の字になって寝転ぶ私に、アスヒ君が必死で謝ってくれている。

「いいの……。ただ単に私が弱すぎただけだからアスヒ君は何も悪くないの……。ふふっ……」

自嘲《じちょう》気味に笑う私に、アスヒ君が小刻みに震えながら縮こまって頭を下げ続ける。

「まさか一撃で終わってしまうとは思わなくてっ。あんなにあっさりと……いえ、違うんですごめんなさいです！」

悪気は全くないであろうコメントが、グサグサっと私の胸の奥深くにクリティカルヒットする。

私だってまさか一発でノックアウトされるだなんて思わなかったよ！　あれじゃただの的でしかないよ！　試合にもなってなかったよ！

「アスヒちゃんの能力は中等部の頃から一撃必殺だったみたいだからね～。仕方ないよっ」

練習ルーム内に戻ってきたひみちゃんに膝枕《ひざまくら》をしてもらい、よしよしと撫《な》でてもらってどうにか気持ちを落ち着かせる。

アスヒ君はひみちゃんに評価されていることに恐縮しきっていたり、私に謝り続けていたりでもうなんだかえらいことになっていた。

「初心者の練習相手としてはちょっとレベルが高すぎる二人なんだりゅい……。でも、こうやって敗北から学ぶこともたくさん……」

「ないよ!?　一瞬で負けすぎて絶望感という言葉の意味しか学んでないよ!?」

余裕がなさすぎて、ビミィの必死のフォローにも噛《か》みついてしまう。

なにより、せっかく時間をとって練習に付き合ってくれているみんなに申し訳がなくて、自分が不甲斐《ふがい》なさすぎた。

こんなんじゃ、新しい部を創るなんて夢のまた夢だよ……。

……成長したい。唇を強く噛《か》み締《し》めながら、強くそう願う。

こんな思いをするのは、もうイヤだった。

けど落ち込んでいる姿ばかりを見せて、心配をかけるのも同じくらいイヤだ。

よし、と心の中で合図を出す。そしてひみちゃんの膝に顔をむぎゅーっと埋《うず》めて、

「はっ！　ここは天国⁉　負けたらこんな素敵なところに来れるなんて！　これは試合に負けて勝負に勝ったみたいなことでは⁉　勝ち組に分類される少女では⁉　ううん、美少女と言ってしまっても過言ではないのでは⁉」

恍惚《こうこつ》とした表情を浮かべて喚《わめ》いた。

途端に、周囲に和やかな空気が流れる。ひみちゃんは「いやぁん！」と逃げ腰ながらもホッとしたような表情で。

「エルナのその性格ならどうなったって人生に価値を見出《みいだ》すことができそうだりゅい……」

アスヒ君もまだ少し気遣うような顔をしているけれど、弛緩《しかん》した空気に安心している様子だった。

純粋に、練習相手にでもなればと志願してやってきてくれたのだ。こんないい子に悲しそうな顔をさせてはならぬ！

それにしても、ひみちゃんの膝枕《ひざまくら》といったら国宝級レベルの快適さだった。国はこのすべすべでモチモチな柔らかさを研究し尽くし、存分に分析して枕として再現すべく開発するべき義務があると思うんだ。で、その時の分析官は是非とも全面的に私に任せていただきたい。ただ膝枕をしてもらうだけのお仕事なら、将来絶対に働きたくない系女子の私でも、お昼過ぎまで寝て夜までゲームしてまた夜は早めに寝たい系女子の私でも頑張れるよ。

ひみちゃんにもそんなピンク色の雑念が伝わってしまったのだろう、「重いー！　そろそろどいてー！」と強制的に膝枕を奪われてしまった。

「あぁー！　私の膝枕がー!?　返して、返してよー！」

「ひみちゃんの膝の所有権はいつからエルナに移ったんだりゅい……」

わいわいと、割とどうしようもないやり取りが繰り広げられている練習ルーム。制服に着替えてからは、模擬戦をしている時間よりもこうしてグダグダしている時間の方が圧倒的に長く、それはそれで問題がある気もする。

けど、練習相手が強すぎて、というよりも多分私が弱すぎて一瞬で決着がついてしまうんだから仕方がない面もあるのだ。

もう着替えちゃったし今日はここまでにしておこうとは思うけど、実践ではなく他の誰かの試合を見ることで勉強もしてみたくなってくる。

「私が勉強をしたいなんて発想に至るなんて！　向上心の塊だよ!?　ビミィ、これからは私のことミス向上心と呼んで!?」

「……本当にそう呼んでもいいのかりゅい？」

「……ごめん、全然よくなかった」

勢いだけで物事を進めるのは良くないね。本当に呼び名がそうなったりしたら、未来の私が怒鳴り込んできそうだ。

「おっと、ここにいたかー。ひみちゃん、今日は各部の部長と代表が出席する会議があるって忘れてた？」

言いながら練習ルームに入ってきたのは、赤間《あかま》君だった。演劇部の面々も後ろに引き連れている。

「わぁー！　そんなのあった、あったね！　すっかり忘れてたぁ！」

ひみちゃんが慌てたように端末でスケジュールを確認していた。

「ま、もうさっき会議は終わっちゃったけどね。大した内容でもなかったし。ひみちゃんが来ないから誰か連絡しようとしてたけど、模擬戦中だった？」

「そうなの。エルナちゃんの練習に付き合ってたんだよねぇ。あー、やっちゃったぁ」

お気楽そうに見えるけど、責任感は強いんだろう。ひみちゃんはすっかり肩を落としてしまっている。

練習ルームと廊下との間の窓からは、各部の部長や代表者なんだろうか。ぞろぞろと群れをなして歩いている様子が見えていた。

体験入部をしようとしていた時にお世話になった人もちらほらといたりで、こうして集まると迫力があるというか、実に壮観だった。

「そうか、今日はルーキー戦についての合同会議があったんだりゅいね」

ビミィの説明によると、新入生全員が出場する大規模なトーナメント戦という関係上、教師だけが審判を務めていたのでは全く足りないため、一部の試合では各部活から数名ずつ人手を出して臨時で審判の補佐をするということらしい。

そのための会議だということのようだった。

「んで、これは一宮《いちのみや》ちゃんの練習的な集まり？　アスヒまでいるとは驚いたね。どうだった？　ボコボコにやられただろ」

「ボコボコなんてもんじゃないよ！　もう、どうやって戦えばいいのかっていうところから見失っちゃったっていうかねー」

ニコニコしながら話している赤間《あかま》君だけど、アスヒ君のことを呼び捨てにしているのが気になった。知り合いなんだろうか。

それにしては、アスヒ君はなんだか所在なげに俯《うつむ》いてしまっているし、赤間君も彼とは一切目をあわそうとはしていない。

ピリついた空気を不思議に思いながら、演劇部の面々に視線を向けてみるも、それぞれが困ったように笑っていたり、やれやれと我関せずの姿勢をとっていたりで様々だった。

こっそりと何か事情を知らないか耳打ちして聞いてみようかなと思った矢先、赤間君が普段と変わらない笑顔で、

「——俺が敵《かたき》をとろうか？　コイツと一戦交えて、さ」

驚くアスヒ君に近づきながら心底愉快そうに言う。

「えっ……？　えっ……？」

アスヒ君は今にも泣き出しそうに、おどおどと戸惑うばかりで。

「ははっ、敵っていうのはジョーダン！　そこをそんなに本気的に受け取られても困るよ。で、一宮ちゃんがどうやって戦えばいいのか見失いつつあるんならさ、他の誰かの試合を見て参考的にするのが一番早いんだよね。だからさ、ほら。俺とアスヒとで練習試合をすればいいんじゃないかなって」

なるほど、と赤間君の言っていることに納得してしまう。

確かにさっき他の誰かの試合を見て勉強したいと思ったばかりだった。渡りに船とはこのことかもしれない。

「アスヒ君さえいいんなら、それはちょっと見てみたいかも！　演劇部代表の実力も気になるし、さっきの強さならもしかしてアスヒ君が勝っちゃうかもしれないしっ」

そもそも、私は他の人が戦っている姿を目の当たりにしたことがないのだ。

新入生歓迎パーティーの時にデモンストレーションを見たのが唯一だろうか。それにしたって、あの時は何をしているのかさえ意味不明だったたし。

他の人はクリスタルを壊すためにどう立ち回るんだろうか。想像するだけでかなりテンションが上がってきてしまう。

「……ボクなんかで良ければ大丈夫、です。先輩に敵《かな》うだなんてこれっぽっちも思えないのですが……。胸を借りるつもりで精一杯やらせていただきますです！」

「ん、ならやろうか。アスヒは一年なのに天文部の代表候補でもあるんだっけ？　ほら、見なよ。各部のトップも気になってるらしい」

何もないところから手品のように鎌《かま》を出現させて、それを通路側へと向ける。この鎌が赤間《あかま》君のアイテムであるらしい。

示された窓の外からは、興味深そうに様子を見守っている各部活の部長や代表が見学しているみたいだった。

ひみちゃんは会議の欠席をそのみんなに詫《わ》びたいようで、あせって練習ルームを飛び出していってしまう。

そして、審判役にと残ろうとしたビミィに、

「先生、今回は審判はいらないや。お遊び的に、かるーく流すだけだからさ」

軽い調子で私と一緒に部屋の外へ出るように赤間君が促していた。

「練習に必ずしも審判は必要という決まりはないりゅい。……ただ、危ないマネだけはしないように気をつけるりゅい！」

先生らしく真面目《まじめ》な顔を作って、それらしいことを言う。

「さぁ、エルナも荷物を持って練習ルームを出るりゅい」

「う、うん！　じゃ、二人ともがんばってね！　アスヒ君、さっき私に撃ったアレ、ぶちかましちゃえー！」

鞄《かばん》を持って騒々しく出て行く私に、赤間君は笑顔で。アスヒ君はぶちかませだなんて言われて困ったような表情でそれぞれに見送ってくれた。

廊下に出ると、窓から見学を決め込んだ人と、興味なさそうに帰っていく人とが入り混じった状態になっていた。

見知った顔に手を振って挨拶《あいさつ》したりしながら、演劇部の面々の横に並んで試合を見守ることにした。

彼らには何度か会ってはいるけど、それぞれの名前もまだよく知らなかったりでいつも赤間君を介してコミュニケーションをとっていたことに気がつく。

改めて演劇部はそれぞれが個性的な格好をしているな、とチラチラと横目に見ていると、

「カウントダウンがスタート。はじまるりゅい！」

ビミィが練習試合の開始を教えてくれた。

ひみちゃんが部屋の扉横にあるスイッチを押し、練習ルーム内の音声が外のスピーカーにも出力されるようにしてくれた。

これで中で戦っている二人の音声が私達にも聞こえる、という仕組みらしい。

「ねえねえ、これと同じスイッチをひみちゃんの部屋にも取り付けてくれないかな？　そしたら私、その部屋のすぐ外に寝袋を引越しするから！　毎日ひみちゃんの寝言を聞きながら生きる！　吐息の音をいただきますしながら安眠するから！」

「ひみは寝言なんて言わないもん！　息も吸わないもん！」

「……息は吸ってると思うりゅい。死んじゃうりゅい」

そんな会話が繰り広げられている間も、練習ルームからは端末からのカウントダウンの音声が流れてくるだけだった。あの二人の間に会話はないらしい。

不敵に微笑《ほほえ》む赤間《あかま》君と、深呼吸をして真剣に開始を待つアスヒ君。

なんだか自分の時よりも友達が戦うのを見る方が圧倒的に緊張するんだけどなんで⁉

心臓の音が聞こえてきそうな程に胸が高鳴っていた。どっちも頑張れ！　ケガしないようにするのよ⁉　となんだか保護者的な目線で見てしまっているのは自分でも意味がわか

らないけれども。

カウントがゼロになり、試合が開始した。

まずはお互いの出方を探るのかな、と思いきやすぐに動いたのは、

「――〝シューティングスター〟!!　当たってくださいっ！」

「――アスヒ君がいきなり撃ったっ⁉」

私との練習試合の時と全く同じく、初《しょ》っ端《ぱな》から能力を発動させてきた。天体望遠鏡から放たれる星の砲弾は、大きな流れ星とそれに付随する小さな星が拡散しながら相手に向かっていくような弾道だった。

さっきはこんなにじっくりと観察する余裕なんてなかったけど、速度も早い。

相手の出鼻を挫《くじ》くように先手をとって打ち込むのが、アスヒ君の戦い方の定石なのかもしれなかった。

「……にゃー、これは案外すぐ終わっちゃいそうかなぁ」

にゃみりん先輩が、独り言のように誰にともなくこぼす。

すぐ終わるって、どういう意味でだろ？

私の時みたいにこれがヒットして試合終了？　それとも……。

ない頭を絞って考えてみるけれどどうにもわからない。

けれど、私が考えるまでもなくすぐにその言葉通りの結末が訪れることになるなんて、まるで予想外だった。

光の砲弾が赤間《あかま》君へと着弾するまでのほんの一瞬。

赤間君はさっきまでの笑顔が嘘《うそ》だったみたいに酷薄な表情を浮かべて挑発的に、

「なぁ、アスヒ。一応確認的なことをしておきたいんだけどさ」

言いながら、華麗《かれい》に、実にあっけなく砲弾を横に回避したかと思えば、そのままバック転をして後方に下がり、着地のしゃがみこんだままの体勢でまた口を開く。

「今のってまさか俺のクリスタルを壊すつもりで撃ったわけじゃないよな？　ははっ、こんなに大勢いる見学者の期待をブチ壊そうとして撃ったってことかな？」

「……えっ」

アスヒ君は何を言われているのか瞬時には理解できないようで、何も言い返すことはない。

赤間君は下を向いているので、どんな表情をしているのかは窺《うかが》い知ることができない。

けれど、普段のあの誰からも好かれる、いつだって部員に囲まれている赤間君とは思えない豹変《ひょうへん》ぶりだった。

「今の一撃でもういいよ。大体わかったからね。俺にもイジメの趣味的なものはないからさ。一宮《いちのみや》ちゃんの見たいモノとは違っちゃうだろうけど……終わりにしちゃうよ？」

一瞬だけ窓越しにこちらを見て、くすりと笑いかけてくれた。それは思わずゾクっときてしまうような、感情のこもっていない上辺だけの笑み。

かと思えば、その場から赤間君の姿が〝消えてしまった〟。

「え!?　何が起きたの!?」

目をゴシゴシとこすってから、もう一度練習ルームを確認する。

アスヒ君も赤間君の姿を完全に見失っているようで、必死に首を左右に振って探しているところだった。

「——早い。後ろだりゅい！」

ビミィがうろたえるように叫んでくれて、ようやく視覚で捉《とら》えることができた。

——そして、その時にはもう……！

「んー、何秒もったかな。一年生の割には大変よくできました、的な？」

アスヒ君のクリスタルが同時に全《すべ》て破壊されていた。

赤間《あかま》君はその場で一回転し、手も足も出なかった後輩を鼻で笑う。

何が起こったのかわからない様子で、アスヒ君は粉々になったクリスタルの欠片《かけら》を青ざめながら見ることしかできていない。

練習ルームの窓から見学していた各部活の人間達はといえば、「そりゃそうか」とだけ呟《つぶや》いて興味なさげに立ち去っていく人や、あからさまにガッカリしたように見ている人もいたりで反応は様々だった。

演劇部のみんなは、まるでこの結果が最初からわかっていたかのように表情を変えていない。

試合終了を知らせる音声が二人の端末から流れて、それと同時に練習ルームのロックもカチリと音を立てて自動解除される。

「と、とりあえず！　二人におつかれさまって言ってくるね！」

ひみちゃんとビミィにそれだけ告げて、練習ルームのドアに手をかけた。

今目撃した衝撃の光景をどういう風に自分の中で処理していいのかまだはかりかねていたけれど、二人は私の勉強のためにとやってみせてくれたのだ。

なにはともあれ、お礼を言わないといけないだろう。

気持ちを切り替えるように、グッと手に力を込める。

中に入った途端、真剣勝負の殺伐とした空気に包まれる……かと思いきや。

「やー、起き上がれる？　新入生であれだけの能力が使えるなら、そりゃ天文部の先輩方も期待するってもんだねー！　ルーキー戦が楽しみだ」

試合が終わった途端、また人が変わったように明るく振舞いながら後ろ向きに尻餅《しりもち》をついてしまっているアスヒ君に手を伸ばす赤間《あかま》君の姿があった。

人が変わったように、というよりはいつも通りに戻っただけのような気もするけど。そのギャップはなかなかのものだ。

「あ、ありがとうございましたですっ！　お相手にならず申し訳なかったのです……」

差し伸べられた手を取って、起き上がらせてもらっているアスヒ君。ちょっと顔が赤くなっているのはすぐに負けてしまって恥ずかしかったからなんだろうけど。普通に考えたらそうなんだけど、私の受け取り方はちょっと違った。

「えっ、なにこの光景!?　かなり萌《も》えるんですけど!?　ボーイズがラブな薄い本がたくさん描《か》けちゃいそうなんですけど!?」

「エルナが描くのかりゅい!?」

私は描けないので、シグレをどうにか上手《うま》いこと騙《だま》して描かせよう。

うん、それがいい。

「それは冗談ってことにしておくけどね！　でもこのさ、お互いを称《たた》えあう感じが青春だよねー。いいよいいよ！　赤間君、もっと攻めてこ⁉　アスヒ君、どんどん受けてこ⁉　バッチコーイ‼」

目を輝かせて一人で過剰に盛り上がる私に、どこに隠し持っていたのかお菓子を食べながらやってきたひみちゃんが、

「エルナちゃんが何を言ってるのかさっぱりだよー」

口をモグモグさせながら不思議そうにしていた。

ひみちゃんはわからなくていいんだよ、決して開けないでほしい扉の向こう側のお話なんだよ。

「でもさ、ビックリしたよー！　始まったら赤間君、急に雰囲気変わるんだから！　いきなり友達できなそうな雰囲気になるから！」

試合を終えたばかりの、色々な意味で熱々な二人に近づいてまくしたてる。

「その例えはあまりよろしくないな⁉　練習的とはいえ試合でしょ？　ほら、アイテムが鎌《かま》っていうのもあるしさ、試合中はそれっぽいキャラを演じることにしてるんだよね」

なるほど、だから急に豹変《ひょうへん》したのか、と納得する。いつものことなら演劇部のメンバーが特別反応しないのも当然だった。

……けど、演技と言われると何か違和感を感じるのも事実で。

「……そうだったんですか！　ボクはすっかり騙《だま》されてしまいましたです！」

アスヒ君は謎《なぞ》が解けてほっとしたように笑っている。

結構な言われようだったと思うんだけど、演技の上でのことなら受け入れるという器の大きさは見習いたいものだ。

演劇部のみんなも続々と練習ルームに入ってきたけど、猫の先輩……にゃみりん先輩だけは眠そうに、というよりは完全に寝ている状態だった。

「にゃみりん、また寝てるのかよ……。確かに猫はよく寝るけどさ、だからってそんなところまで再現しなくてもよくないか」

赤間《あかま》君がそう言いながら、呆《あき》れたようにツンツンと突っついている。

演劇部のこのメンバーはいつも一緒に行動しているように見えるけれど、その実よくよく見るとそれぞれに好き勝手なことをしているだけにも思えた。

こういう関係もいいなぁ、と漠然と羨《うらや》んでしまう。私が創る部活も、こんな風に自然体で付き合える雰囲気にできたらいいな、と思ってみたところでハッと気付く。

「違う！　もう見慣れちゃったからアレだけど、こんな仮装をしている人たちが自然体ってことはないよね⁉」

そう思わず声に出してしまって、彼らに不思議そうにされてしまった。そしてにゃみりん先輩が私の声で起きてしまったのか、猫っぽく手で顔をこすりながら、

「ねえねえ、思ったんだけどぉ」

ゆったりとしたテンポで話し始めた。

「彼女が帰宅部に仮入部してた時の対抗戦の映像を演劇部みんなで見た時もそうだし、体験入部希望って来てくれた時に遊兎《ゆうと》が追い返しちゃった後もそんな話題になったけどぉ……。凄《すご》く面白い子だし演劇部に入ってもらったらいいんじゃないのぉ～？」

「はあ⁉　にゃみりん本気で言ってんの？」

赤間君が、うげっ……とちょっとだけ嫌そうな声色で真意を窺《うかが》うように返す。

演劇部メンバーはにゃみりん先輩に概《おおむ》ね同意のようで、それぞれ好き勝手なことをしながら頷《うなず》いたり「いいんじゃないっスかね！」と軽快に飛び跳ねていたりしていた。

急展開にビックリすることしかできないけど、何やら気に入ってもらえてるみたい⁉

「わ！　とってもいいお話じゃないですか、エルナさん！」

アスヒ君がまるで自分のことのように喜んでくれているのが微笑《ほほえ》ましい。ひみちゃんも、書道部に私を入れられなかったことをどこかで気に病んでいたらしく、わーいっ、とはしゃいでいた。

とっても嬉《うれ》しいし、ありがたいんだけど、でも……。

——私は、もう心に決めてしまっていたのだった。

大事な会議を放《ほう》り出《だ》して練習に付き合ってくれたひみちゃん。

話を聞きつけて練習相手にと志願しにわざわざ駆けつけてくれたアスヒ君。

そして、こんな私を迎え入れてもいいと言ってくれる赤間《あかま》君率いる演劇部のみんな。

目標というよりも既に夢みたいになってしまっている、自分で創る部のこと。

伝わるように説明をしなくてはいけないと思った。

ビミィも、その背中を押すように頭の上に乗っかって傍《そば》で見守ってくれている。みんなの視線を浴びながら、ポツリポツリと話し始めた。

「にゃみりん先輩のお誘いは嬉《うれ》しいんですけど……。とってもベリーハッピーなんですけど！　じ、実は、私は自分の手で、ゼロからオリジナルの部を創ってみたいと思っていて」

耳を傾けてくれているみんなは一様に、私の告白に驚きながらもどこか納得したような表情をしていた。

「今はまだそれをどういう形にしたいか、どんな色に仕上げていくのか。原型さえも不確かなんだけど。でも、やるからにはハチャメチャなミカグラ学園にさえ前例がないような、一番楽しい部にしたいんです！」

もちろん、対抗戦でも最強を目指していきたい。それにはまず私自身が強くならないとなんだけどね……。

「そっかぁ。演劇部にはエルナちゃんの好きそーな可愛《かわい》い女の子もたくさんいるんだけどなぁ。残念～」

にゃみりん先輩が聞き捨てならないことをおっしゃっている。

「――あっ、やっぱり入ります演劇部！　よろしくお願いしゃす！」

「ちょっと⁉　せっかく壮大な目標を語った直後にそれはないりゅい⁉」

いけないいけないいけない、つい条件反射で……。私が創る部にもキュートな女子はたくさん集めるつもりだからいいんだ。後ろ髪引かれる思いだけど、い、いいんだ……！

しかし、一人だけずっと何か言いたげにしていた赤間君が、もう我慢ならないとばかりに口を開く。

「ちょっと待とうか！　なんかすげー盛り上がってるけどさ！　青春的になってるとこ悪いんだけどさ！　演劇部に入れてもいいなんて俺は一言だって言ってないからな⁉」

にゃみりん先輩が「えー？」と不満を訴えて、赤間君の手をつねっている。それには全くの無反応で、

「ただでさえ演劇部には扱いきれない難しいヤツが多いってのに、一宮《いちのみや》ちゃんまで入ったらもうお手上げ的っていうかさー。面白い子ではあるのは認めるけどどね」

部員達に言い聞かせるように、子供を諭すようにしてぶった切る。

なんでなの、演劇部には入らない宣言をしたのにめっちゃ拒否られてる……!?

「別に扱いきる必要なんてないんだよぉ？　賑《にぎ》やかになると思うのにぃ」

にゃみりん先輩がそう言ってくれたのが救いだったけど、

「もっと人を増やして、動物園にいる動物モチーフを全部割り当てたいんだよねぇ。今ならちょうどエンカイザンコゲチャヒロコシイタムクゲキノコムシとか、ゴリラとか空いてるしぃ」

……そうやって続けた言葉は聞き捨てならなかった。

「もし演劇部に入ったら私はゴリラっぽい服とかあだ名とかを割り当てられるわけなの!?そんなの絶対拒否ですから！」

そもそもゴリラっぽい服ってどんなのだ！　というかその前に言ったのはもう想像すらつかないし、最後確実にムシって言ってたよね!?

「うぷぷー！　ゴリナちゃんー！　うっほっほー！」

「ゴリナとかやめて!?　妙に響きが良くて言いやすいからやめて!?」

ツボにハマったらしいひみちゃんに煽《あお》られて、腕をぶんぶんと振り回して嫌がってみる。

「おっ、早速腕なんて振り回しちゃって、ゴリラ的な仕草の研究？　筋がいいね」

赤間《あかま》君までノってきてしまった。筋がよくてたまるか！　ゴリラの筋がいいってなんだ

よ⁉　どういう意味だよ⁉

「んー、自分で部を創るつもりっていうのはわかったよぉ。じゃあさ、じゃあさ！」

にゃみりん先輩が唇に指を当てて考え込むようにして、

「演劇部でさ、対抗戦の初心者向け講座でも開いてあげるっていうのはどうかなぁ？　演劇部の一年生に指導するのも兼ねて、ねっ」

実に素敵な提案をしてくれた。私だけのためじゃなくて、演劇部の一年生に教えるついでのように言ってくれることで、こちらの申し訳なさも軽減するという。さすが先輩、緩そうに見えるけど（失礼）ちゃんと大人だった！

「名案っス！　さすがにゃみりん先輩っス！」

うさぎの耳をつけた演劇部の男子も両手を上げて賛成してくれていた。

「初心者向け講座、ね。それならまー、いいかな。どうする？　一宮《いちのみや》ちゃん。ウチは部員数も多いし、力の見合った相手とも練習できると思うよ？」

赤間君も演劇部への入部という話の時はあんなに難色を示していたのに、それなら許容範囲だとばかりに笑顔で誘ってくれる。

「本当にいいのかな？　じゃあお世話になろうかなー！」

そういうことなら遠慮なくと、特に断る理由もないので、ありがたく申し出を受けることにした。

演劇部で対抗戦でのイロハを叩《たた》き込《こ》んでもらおう。

ルーキー戦に向けて、とにかく自分ができるだけのことをやりたかった。

「やったよぉ！　明日の放課後からよろしくね、ゴリナちゃんっ！」

「入部するわけじゃなくてもその呼び名なんです⁉　ちょっと！　なんで先輩私の服の寸法測ってるんですかね⁉　まさかゴリラモチーフの衣装とか作るからじゃないですよね⁉ねえ、聞いてますか⁉」

大喜びで早速私を採寸しはじめるにゃみりん先輩に、明日から何を着せられるのか大いに不安を残しながら、激動の一日が終わりを告げようとしていた。

ひみちゃんもアスヒ君も揃《そろ》って、採寸される私を羨《うらや》ましそうに見ていたようなのは気のせいだろうか。もしかして二人とも、動物モチーフの衣装とか着てみたいのかな……？

眼福すぎるからこちらとしても是非とも拝見したいよ！

＊

その日の夜も、就寝はもちろん寝袋の中。もう住み慣れた我が家である寝袋で熟睡《じゅくすい》しながら、忘れられない夢をみた。

——大きな動物園に新しく仲間入りした新人ゴリラ。

人じゃなくてゴリラだから、新人とは言わないのかもしれない。正しくは……新ゴリゴリラかな？

まあいいや、みんな仲良しのその動物園。

特に人気者なのが豹《ひょう》……の仮面を被《かぶ》った少年。

その子は、自分が豹だから動物園で仲間だと認められていると思っていた。

彼は、豹らしくあるために陰で必死の努力をしていた。

そのことに、ゴリラの癖に繊細な……それはいくらなんでもゴリラに対して失礼が過ぎるけど、とにかく繊細な新入りのゴリラは……。


——気がついてしまったのだった。

第四楽章　放課後シックス

幼少期の赤間遊兎《あかまゆうと》を知る者のいない場所で、生活を送りたかった。

ミカグラ学園は全寮制で、調べてみればみるほど特異な学園。そこに入れば父親とも離れて暮らすことができる。

クラスメイトや近所に住む幼馴染《おさななじみ》がそこに進学するようなことはないということを慎重に確認してから、入学を決めた。

ある意味で、ここからがリスタートだと思った。

真新しい制服に身を包んで、対抗戦やポイント制度など、入学してからじゃないと知り得ない事実に直面しても、何も揺らぐことはない。

誰一人として赤間遊兎がどういう人間かを知らないということは、今から振舞う性格がこの場所での俺そのものということになるのだ。

広々としすぎている校内の敷地。その中に流れる小さな川に映る自分を見て、こんな顔をしてちゃダメだと自らを叱咤《しった》する。

そんな時、わざわざ人の気配のない場所を選んだはずなのに、不意にどこかからのんびりとした声が聞こえてきた。

「ここどこぉ〜？　わたしは誰ぇ〜？　うー、わたしはにゃみりんでしたぁ」

　この人大丈夫なのかな、と心配になるような言動で、俺の姿に気付いたようで足取りも軽くスキップしながら近づいてくる。

「迷子の迷子のにゃみりんさん〜♪　わたしのお家《うち》はここですかぁ？♪」

「いや、知らないけど。こんな森の中に住んでたらメルヘンすぎるし、多分違うと思うんですけど」

　歌いながら聞かれたので、普通に答えてしまう。これは入学早々からヤバいのに絡まれてしまったかもしれない。

「そっかぁ。あっ、もしかして新入生くんなのかなぁ？　あなたも迷子なのぉ？」

「新入生ですけど、迷子ではないです。っていうかもしかして二年生……ですか？　先輩なのに迷子になってるとか嘘《うそ》ですよね⁉」

　今までの俺では考えられないような声や表情の明るさで返す。

　川面《かわも》に薄っすらと映りこむ自分の作り笑顔が、誰かにそっくりなことに気がついて自嘲《じちょう》気味に舌打ちをしてしまう。

　……弟を参考にしてるのか、俺は。

他人に好かれようとしたら、弟のように振舞うのが一番だと無意識にトレースしてしまっていることに絶望する。

そんな俺の様子には気がつくことなく、にゃみりんと名乗る先輩は、

「あのね、何かに迷ってしまうっていうことは、何歳になっても変わらずに起こる事象なんだよぉ」

「いかにも深そうな言い回しでごまかそうとしてますけど、結局先輩は迷子なんですね!?」

ごまかしきろうとして失敗して、困ったように「にゃはは」と笑うのだった。

学園に入ってからすぐに受け取った携帯端末。

これを見ながら歩けば、迷子になんかなりようがないと思うのに。

俺が先導して校舎の方角へ歩きながらそのことについて指摘すると、

「んー、でもでもっ、そうやって間違いなくっていうか、何の遊びもなく歩いてたら、遊《ゆう》兎《と》と知り合うこともなかったわけじゃなぁい？　だから迷子も悪いことばっかりじゃないんだよねー」

自己紹介をしたばかりなのに、なぜだか既に呼び捨てにされていた。この人のキャラのせいか、特に悪い気はしない。

ここで無言になって、道案内が終わったらその場でさようなら、となるのが今までの俺。

いや、昔なら案内すら放棄してたか。でも、それじゃダメなんだ。

「その格好、なんかのコスプレなんですか？　猫的な？」

引っかかった点を積極的に聞いてコミュニケーションをとりにいくことにする。

「コスプレっていうかー！　演劇部だからねぇ。猫だよぉ、だからにゃみりんっていうんだよぉ」

説明が一切説明になってないというか支離滅裂もいいところだったけれど、とりあえず、

「なるほど、そうなんですか」

納得した風に答えておいた。

……これで正解なのか、俺？

でも、演劇部か……。

これまで、他人と協調して何かをやる必要のある部活は意識的に避けてきた。

どこかでボロが出てしまうかもしれない。その時、またあんな思いをすることになったら……。

ただ、演じるという考え方は今の自分にとても合っているようにも思えた。

元々、特別入りたい部活があるわけでもない。

縁、なんていう不確かな言葉を持ち出すのも気恥ずかしいけれど、これはそういったものなのかもしれない。

心の中で決めて振り返り、にゃみりんと名乗る先輩に問いかけた。

「――演劇部って、誰でも入れるんですか？」


それからの日々は、ただただ目まぐるしいばかりで。

大所帯の演劇部だったけれど、にゃみりんが執拗《しつよう》に絡んでくるおかげもあってか案外すぐに馴染《なじ》めてしまった。

誰からも好かれる〝赤間遊兎《あかまゆうと》〟という、俺であって俺ではない人物を演じる生活も、まるで苦にはならない。

いっそ、最初からこうして生きるのが賢い選択だったのだろうか、と思い至る。そうすれば家族も崩壊することなく、今頃は……、と考えて、否定するように首を強く横に振る。

そんなことを考えたって仕方がない、今更どうにもならない。


演じるんだ。

欠落なんて、まるでないみたいに……。


「また勝ったのぉ!?　一年生なのに、もう演劇部の代表候補だよぉ。よしよし、がんばったねぇ～」

冗談っぽくやめてくれと何度手をどかしても、にゃみりんは頭を撫《な》でることを決してやめようとはしない。

強制的にやめさせたり、逃げたりしようとすると、涙目になるのだ。

その癖、猫っぽく気まぐれで全く構ってこない日もある。

ルーキー戦でも結果を残し、対抗戦でも負けることの方が稀《まれ》、という自分の意外な才能には驚くばかりだった。

そもそも、ミカグラ学園のことをわかっていて入学したわけではないのだ。自分の能力がこんなものだなんて知る由もない。

端末を見て、自分が勝利することで演劇部の部員達に還元されるポイント数を確認し、自分に喝を入れる。

「まだ足りない。もっと、もっとだ」

もっと勝って、もっとポイントを得て。

そして、もっとみんなに必要とされるんだ。

勝つたびに、寄せられる信頼が目に見えて増していくのが実感できる。

この場所に……演劇部に必要とされることで、満たされていく。充足していく。

演劇部の中心的な存在になるまでに、あまり時間はかからなかった。

敵を作らないように、先輩達に嫌われないように本当の自分を殺して、笑って。

対抗戦で活躍することで与えられた、広い個室部屋。

寒々しい、空虚な部屋だ。

雑然と物が置かれているだけで、まるで生活感というものがない。

ベッドもないので、ソファーで寝ている。

滅多《めった》に人を招き入れることなんてない。

部屋っていうのは普通、見ればどんな性格のヤツが住んでるのかっていうのがわかってしまうものだと聞いたことがある。

男であっても、女であっても、例え幼い子供であってもだ。でもこの部屋は無機質で、きっと俺らしさなんてものはどこにも含まれていないのだろう。

心のない部屋だ、と思う。

毎晩のように見る悪夢のせいで、眠れない夜も多かった。フラッシュバックする幼少期の記憶。

……弟が俺に笑いかける姿。

「本当の自分なんてさ、もういらないんだよ」

うなされて起きては、鏡の前で上手《うま》く笑えているかどうかの確認作業をする。

その度に笑顔の参考である弟を思い出して、再び悪夢を見るという悲しい連鎖だった。

学園新聞では、中等部の有力生徒の情報が記事になることも少なくはない。

その中で、最近どうしても目を留《と》めてしまう一人の少年がいた。

――天文部所属の、射水《いみず》アスヒ。

「別人だとわかっていても意識が向いてしまう。似すぎてるんだよ、アイツにさ」

その姿は、その無邪気な笑顔は。

弟の姿によく似ていたんだ。

アスヒのことが記事になる度に気にしてしまう。

もちろん面識もないし、彼には何の罪もない。

けれど、苛立《いらだ》ちの原因になっていることに間違いなかった。

こんなことでイラついている自分にも、またイライラしたりして。

まず間違いなく、来年になれば中等部から持ち上がり組としてミカグラ学園高校に入学してくるのだろう。

実力があるなら、間違いなく天文部の代表にもなってくる。

ということは、顔を突き合わせる機会も自《おの》ずと増えていく。

その日がくるのが、今から憂鬱《ゆううつ》で仕方がなかった。

＊

「今日からしばらくお世話になる、一宮《いちのみや》エルナです！　よろしくー！」

放課後の演劇部。大所帯の部だけに、部室も複数あるらしく全員が揃《そろ》うことはそうそうないらしい。

今日はその中でも、演技の練習というよりはただの溜《た》まり場《ば》になっているような部屋で挨拶《あいさつ》をしていた。

先輩は赤間《あかま》君やにゃみりん先輩を含む指導役の数人のみで、ここに集められたのは殆《ほとん》どが一年生。

なので、失礼にならない程度に砕けた挨拶にしておいた。

ただでさえ丁寧《ていねい》語を不得手としているので、一年生ばっかりで本当に助かった。

「エルナが目上の大人に対して話してる時ってあまりにも敬語がグダグダすぎて、変な口調の萌《も》えキャラみたいになってるんだりゅい」

ビミィがからかうように言ってくる。心外だ。苦手だからできるだけ使用を避けているだけで、なんならかなりかなりハイレベルで使いこなしている自信がある。

「そんなこと言うなら、見てて！　あそこで、そのやり取り必要なのかよって顔してる赤間君に敬語で完璧《かんぺき》に挨拶してくるから！」

演劇部のみんなも見ているんだ。できる女、という感じをどうにか醸し出していかなくてはならない。見せ付けてやらなくてはならない。

「……ご、ご機嫌ようございますわ、オカマ君」

「気持ち悪いな……！　あと、赤間って言おうとして噛《か》んでるからな！　絶対噛んだらマズいところで噛んでるからな⁉」

スカートの裾《すそ》をつまみながら、ちょこんとお辞儀する。これが礼儀正しい挨拶で間違いないはずだ。そういうアニメで見たのだ。

それに決して噛んではいない。

「噛んでないし。私、生まれてから一回も噛んだことないろ！」

「また噛んでるりゅい。見事に噛み過ぎて怖いくらいだりゅい」

私も自分が怖いよ……。

赤間君はやれやれといった感じで見ているけど、他の演劇部員はそれぞれがマイペースで挨拶を返してくれたりする。

「ああ、ウチは妙な……個性のある部員が多いからさ。慣れてるんだよ、こういう新人に」

失言をごまかすように言い直して、赤間君が教えてくれた。

私も妙なヤツだと言われているに等しいけど、否定しきれないところがあるからそこはスルーしておこう。

「遊兎《ゆうと》はいつも苦労してるもんねぇ。おつかれさまだよぉ」

「そういうにゃみりんに一番苦労してるからな!? ほらまたくっついてくるなー！ 俺の反応見て楽しむ遊びはやめろー！」

どうやらにゃみりん先輩にだけは敵《かな》わないようで、赤間《あかま》君は降参状態で弱りきっていた。

「エルナちゃん、わたしのことはにゃみりん、って呼んでねえ」

もう何度も会っていて、会話も交わしたことのある猫の先輩。モデルみたいにスタイルがよくて、同じ女子として憧《あこが》れてしまう。

「よろしくです！ にゃみりん先輩っ！」

「ええっ、なんで胸元を見て言うのぉ～？」

長身で細身なのに、一箇所だけやたら目立つんだから仕方がない。

にゃみりん先輩を見ていると胸がいっぱいになるし、胸を借りたいし、胸を弾ませたくなる。……全部本来とは別の意味でだけど。

演劇部の代表は赤間君で、先輩後輩問わずみんなに慕われているようだったけれど、それと同じくらいにゃみりん先輩も慕われているように見えた。

ほんわか、ふんわりとまったりしていて、一緒にいるとペースに引き込まれてしまう独特な雰囲気を纏《まと》っている。

「部員が多いから、全員が自己紹介してると時間がかかって眠くなっちゃいそうだよぉ」

言いながら、先輩は既に眠いのか欠伸《あくび》を噛《か》み殺《ころ》しながら、一緒に初心者向け講習を受けたり、手伝ってくれたりするメンバーだけ紹介するねぇ、と告げた。

「その方がいいかもしれないりゅい。エルナがこれだけの人数の名前と顔を覚えられるとは思えないりゅい～」

「あ～！　わたしも部員が多すぎて全然覚えられないんだよねぇ～！　お揃《そろ》いだぁ」

ビミィに対して、わかるわかる！　と嬉《うれ》しそうに賛同するにゃみりん先輩に、そのことを後ろめたく思うような感情の色は一切見えなかった。

「にゃみりん、それは覚えていこう？　同じ演劇部員くらいはどうにか頭に入れていこうよ……」

赤間君が周囲の部員を見回しながら諭すように正論を言う。

「そうっスよ！　にゃみりん先輩が部員全員のニックネームをつけてるのに、それを忘れるのは酷《ひど》いっス！」

聞き捨てならないと言いたげに、その場でぴょんぴょんと飛び跳ねながら不満を言っているのは、

「あ、ぼくはキミと同じく一年のうさ丸《まる》っス！　一緒に初心者講習を受けることになるか

ら、お互い良いライバルになれるようがんばろうっス！　うおー、青春っスよっ！」

うさ丸《まる》と名乗るウサギのアイテムを身に着けた少年だった。

「よろしく！　ウザ丸……でいいんだっけ？」

「いやちっとも良くないっス⁉　自己紹介で受けた印象を名前に反映させるのはやめてほしいっス！　傷つくっス！」

そんなつもりはなかったんだけど、うさ丸の熱さがやたら鬱陶《うっとう》しいなぁ、という無意識の想《おも》いが出てしまったんだろうか。

同じ一年生ということで、仲良くしていけたらいいな。裏表がなさそうな子、というのが第二印象だった。……第一印象は熱くてウザい、だ。

「ううっ、ウサギはね。寂しいと青春しちゃうんスよ……？」

「そんなの初耳だよ⁉　それに、青春しちゃうっていいことなんじゃないの、それならどんどん寂しくなっていいんじゃ……！」

いじけて塞《ふさ》ぎこむうさ丸に、思わずツッコんでしまう。それを聞いてハッと気付いたようにまた飛び跳ねると、

「確かにその通りっス⁉　発想の転換っス⁉　うおぉーっ！」

一人ではしゃいでいた。部員も既に慣れているようで、誰も絡みにいこうとはしない。

唯一にゃみりん先輩だけが、

「発想の転換ってなぁにぃ？　寒天みたいなもの？　おいしいのぉ？　わたしはみかん味の寒天が好きだよぉ」

と謎《なぞ》の食欲を発揮しながら食いついていた。これは確かに個性的な部員が集まったところだ……。

その様子を見て軽く頭を抱えている赤間《あかま》君の苦労を、僅《わず》かに垣間見《かいまみ》た気がしてしまった。

「うさ丸は一宮《いちのみや》ちゃんと同じで高校からの受験組だから。元々演劇経験はあったみたいだけど、対抗戦って意味では完全に初心者。一年生部員はたくさんいるけど、こいつとなら同じようなところから段階的にステップアップ的にしていけるんじゃないかな」

補足するように赤間君が情報を追加してくれた。

受験組と言われると急に親近感が湧《わ》いてしまう。

そしてもう一人、何やらマスクをした男の子の手を引っ張るようにして、にゃみりん先輩が駆け寄ってきた。

「この子も一年生なんだよぉ。ほら、トンきゅん。挨拶《あいさつ》挨拶ぅ」

促されるようにして、ようやく視線をこちらに向ける。マスクをしているので表情がわからないけど、とてもクールな男の子らしいことは伝わってきた。

「……あの、先輩。そのトンきゅんっていうニックネームはキャンセルできませんか。なんとか返品できませんか」

ちょっとダウナー気味の落ち着いた声が、マスク越しに聞こえてきた。セリフとしては懇願しているようだけど、あまり感情がこもっていない風でもある。

トンきゅんと呼ばれた男子はどうやら豚がモチーフのアイテムとニックネームらしく、それが不満であるらしかった。

「えぇー？　でも豚さんおいしいのにぃ？　あんなにおいしいのにダメなのぉ？」

「……それ完璧《かんぺき》に食べ物としての目線で見てますもんね。この名前付ける時、ちょうど豚汁飲んでましたもんね」

まくし立てるわけでもなく、淡々と冷静に切り込んでいく。そして私に紹介されたのを思い出したのか、ぺこりと目線だけで礼をされた。

うさ丸《まる》とのギャップが激しすぎて、こっちとしてもどう対応していいものか迷ってしまう。それでも、何かきちんと挨拶《あいさつ》しなくてはと思い、

「いただきます、トンきゅん」

「だから一宮《いちのみや》さんも食べ物として見るのやめてもらってもいいですか、挨拶のチョイスがおかしいですよ」

ついつい調理後のやつを思い浮かべて挨拶してしまった。

それでも全く怒るわけでもなく、一定の温度を保って返してくるのが面白かった。

「ごめん、間違えたブー！」

「豚だから語尾をそれにしろっていう圧力は、入部してから散々赤間《あかま》代表とにゃみりん先輩にされた後ですからね。もうなんとも思いませんよ」

赤間君とにゃみりん先輩、既にやってたのか……。確かにやりそうではあった。

赤間君の場合は、新入部員が萎縮《いしゅく》しないようにと話すきっかけを作るために。

……にゃみりん先輩はそういう理由もなく、天然で面白がってやってそうだった。

「ちなみに、トンきゅんはお肉があんまり好きじゃなくってサラダばっかり食べるんだってぇ！　草食系男子っていうやつなのかなぁ？」

「だから、今なら取り返しがつきます。トンきゅんっていうニックネームは勇気を持ってやめにしましょうよ」

なんでぇー？　と変える気なんて毛頭ないらしいにゃみりん先輩と、無表情で食い下がるトンきゅんという構図は実にシュールだ。

でも、トンきゅんというニックネームはなかなかにパンチが効いている。

演劇部にいる限り、三年間ずっとトンきゅんなんだろうか。トンさんとかに進化したりはしないんだろうか。

私も、もしも演劇部に入っていたらゴリナと呼ばれていたかもしれないのだ。

想像するだけで登校拒否になりそうだった。

ゴリナとして対抗戦でも出た日には大変だ。

制服にゴリラ風アイテムを装備するのは当然として、能力を使うときのキメ台詞《ぜりふ》は、

「テンションMAX！　ウッホホ――――――ッ!!!（激しく胸を叩《たた》きながら）」

という具合になってしまうだろう。

絶対イヤだ。

必然的に新聞部のルミナちゃんが書く記事の見出しもこうなるだろう。

『ゴリナ吼《ほ》える!!　※決してエサをあげてはいけません』

もうそうなったら対抗戦の記事でもなんでもない、単なる動物園の注意書きだよ!?

初心者講習を受けて演劇部に愛着を持ってしまったら、今の想像を思い返して入部に傾く気持ちに待ったをかけよう、と心に誓う。

「それと最後に一人。こいつは二年だから、教える側的な立場かな。って、おーい、熊野《くまの》さーん！　どこだー!?」

赤間《あかま》君がもう一人部員を紹介しようとしてくれるけれど、その熊野さんとやらが見当たらないようで辺りを見回していた。

熊野さん、先輩かぁ。どんな人だろう。熊をモチーフにされるってことは、屈強な男性だろうか。

頭の中で、マッチョな外国人を想像する。多少ハゲかかっていて、多分年齢は35歳くらいだ。……どうしてそんな生徒がこのミカグラ学園に!?

一人で勝手な予想をして恐れ慄《おのの》いていると、

「悪い悪い、ちょっとメシ買ってきてたっつって！　熊野さんは空腹になると凶暴になっちまうからねっつって！」

やってきた熊野さんは、熊の被《かぶ》り物《もの》をした実に可愛《かわい》らしい少女だった。

しかも声が凄《すご》くロリっている。果てしなく熊っぽくない声だ。はわわ、とチューしたくなる衝動をどうにか抑えてこらえていると、

「よう、何度か会ってるけど改めてよろしくっ！　演劇部二年の熊野さんだっつって！」

にっこり笑って握手、と手を差し伸べてくる。すぐに反応して手を握《にぎ》ると、

「えっ、手ちっちゃ!?　しかもお肌超すべすべだよ!?　どんな人かと思ったけど、熊っぽさは皆無ですね」

格好は熊をモチーフにしているのはわかるけど、マッチョな毛深い外国人を想像していたので大分ギャップがあった。あと、当たり前だけど35歳でもないっぽかった。

素直にそう告げると、熊野さんはショックを受けたようにぷるぷると震えていた。

「あちゃー、だめっスよー！　熊野《くまの》さん先輩は、大好きなにゃみりん先輩が決めてくれた熊っていう動物にキャラを合わせようと日々努力してるんス！　女の子らしいとか、声が幼女とか本当のことを言ったら怒られるっスよ！」

うさ丸《まる》が得意げに教えてくれる。なるほど、聞けば聞くほどかわいいじゃないか⁉

不本意な事実を言われて憤慨しているのか、熊野さんがうさ丸をぺしぺしと叩《たた》いているけど、全然痛そうじゃなかった。

熊の重たいパンチというより、小動物がじゃれついているだけにしか見えない。

「うさ丸は黙ってろっつってー！　熊野さんは強いんだぞっつってー！」

涙目になりながら言い張っていた。最終的にはにゃみりん先輩の胸元に飛び込んでシクシクと本当に泣き出してしまっている。子供か⁉

よしよし、とにゃみりん先輩に頭を撫《な》でられて幸せそうにしていた。こんな熊がいてたまるか⁉　それに、どうしても見逃せない気になるポイントがもうひとつある。

ここは触れていいのだろうか、もしかすると禁句だろうか。

「聞いてもいいです？　熊野さんのその語尾ってちょっと無理矢理《むりやり》感ないですか？　〝っつって！〟っていうの……」

はいはーい！　と挙手しながら質問してみる。初心者講習で短くない時間を共にするんだから、このまま流すのはなんだか気持ち悪いし。

「おっとー？　……俺知ーらないっと！」

赤間《あかま》君が自分は係《かか》わり合《あ》いになりたくない、といった表情でどこかへ行ってしまう。

うさ丸も冷や汗をかいてあとずさりしていた。

「……もー！　嫌い嫌いきらーいー！　語尾がヘンなのくらいわかってるしー！　でも演劇部の中で個性を出すにはこれしか思い浮かばなかったんだからしょうがないでしょうよー！」

綺麗《きれい》さっぱり語尾は普通に戻りながら、熊野さんは手に持っていた豚まんを私に向かって投げつけてきた。

「……いた」

けれどその肉まんは私には飛んでこず、すっぽ抜けてトンきゅんに直撃していた。

よりにもよってトンきゅんに豚まんって⁉　彼は相変わらずの無表情ながら、ちょっとだけ切なそうな目の色を浮かべている。

「それにそれにっ！　ニックネームは熊野さんの〝さん〟まで含むんだからねっ！　それだけで呼んだら呼び捨てってことになるから！　後輩なんだから敬語をつけてもらわないとなんだけどっ！」

肉まんのことには触れず、怒り足りないと呼び方についても文句を言い出した。

「えっと……じゃあ敬語をつけたら……熊野さんさん……？」

そういうことになってしまうのではないか。恐る恐る確認してみると、

「ちーがーうーの！　Ｎｏ！　ノーと言える熊娘だっつって！」

正直怒ってる声も愛らしすぎるし、こちらの様子を窺《うかが》いながら語尾を戻すのも素敵すぎた。でも、今度こそまた語尾に触れたりすると口もきいてもらえなくなりそうなので、おとなしくしておくことにする。

「語尾のこと、そんな風に思ってたのりゅいね……はぁ……」

なぜかビミィまでセットでダメージを受けていた。ビミィのその語尾はもう流石《さすが》に慣れたってば……（不自然だけど）。

「熊野《くまの》さん先輩か、熊野さんちゃんって呼んでほしいなっつって！」

「ちゃん、って敬称扱いでいいの!?　それに、その呼び方だと〝クマの三ちゃん〟みたいになって〝さん〟のところが名前みたいになりますけど!?」

あんまり言うとまた逆鱗《げきりん》に触れてしまいそうなので、おとなしく熊野さん先輩、と呼ぶことにする。

変な語尾なんてつけなくても、個性は充分あると思うんだけどな……。

どれだけのモンスター揃《ぞろ》いなんだろうか、演劇部というフィールドは。

ひとまず落ち着いたのを確認してからだろうか、赤間《あかま》君がタイミングを見計らって戻ってきた。

「とまあ、以上メンバーが初心者講座の参加者的になるよ。一宮《いちのみや》ちゃんとうさ丸《まる》とトンきゅんが教わる側。俺とにゃみりんと熊野さんが教える側ってことだね」

生徒側と講師側それぞれ3人ずつ、ということになるみたいだった。バランスがとれていてちょうど良さそうだ。

うさ丸とトンきゅんを手招きして両隣に呼び寄せて、一列に並ぶ。

そして、せーの、の合図で。

「「「よろしくお願いします！」」」

揃って挨拶《あいさつ》をして、頭を下げる。うさ丸は勢いよく、トンきゅんはスローな感じで。

赤間君とにゃみりん先輩は笑顔で応じてくれて、熊野さん先輩はまだ熊っぽく強そうにを意識しているのか、腕組みをして鷹揚《おうよう》に頷《うなず》いていた。

放課後はしばらくここに通ってこのメンバーと毎日顔を合わせることになる。

自分でオリジナルの部を創る、という大きな目標のためには、だいぶ出遅れているという自覚があった。

授業には何の問題もなくついていけてたけど、部活は入るところを探すばかりに精一杯で、対抗戦についてはきっと同じ新入生でも他のみんなの方がだいぶ先を行っている。

教わったことを余さず吸収していかないと！

……そして、赤間《あかま》君のことがずっと気になっていた。

気になっているといっても、そういう女の子らしい気になり方ではなくって。

彼の抱えて、隠しているであろう何かのことだ。

「どうかしたりゅい？　エルナ」

部員達に囲まれて談笑している赤間君を見つめる私を不思議に思ったらしいビミィが近寄ってきてくれる。

なんでもないよ！　と返して、私もその輪の中に飛び込んでいく。

「ぼくも早く自分の能力に目覚めたいっス！　赤間先輩みたいな熱く燃え上がるような青春っぽいやつがいいっス！」

「俺の能力ってうさ丸《まる》にはそう見えてるの……？　青春的か……？」

うさ丸が願望を口にして、赤間君が不本意そうに目を細めて自分の鎌《かま》を確認する。

「熊野《くまの》さんの教育は厳しいんだからなっつって！　覚悟しろよっつって！」

「だめだよぉ、後輩には優しくしてあげないとぉ。めっ！」

「は、はい……。そうだぞっつって！　優しくするから心の準備しとけっつって！」

にゃみりん先輩には滅法弱いらしい熊野さん先輩のわかりやすすぎる手のひら返しを見て、

「じゃあ、お弁当に豚肉を使った料理ばっかり持ってくる嫌がらせをやめることからお願いしますね」

冷静な口調でトンきゅんが注文をつける。

「い、嫌がらせじゃないし！　ただ好きなだけなんだからしょうがないでしょ！　じゃない、しょ、しょうがないっつって！」

あせったのか語尾を忘れるという失態を犯して、慌てたように赤面する熊野さん先輩が究極なまでにラブリーで。

「この参加者を指す呼び名っていうか、そんなのあった方が便利じゃない？　初心者講習組でいいの？　ちょっと長いけど」

傍《はた》から見ていた演劇部員が、遠慮がちに提案してくれた。

確かにこの6人ってわかりやすい呼称がないと、演劇部の他の人たちは不便なのかもしれない。

「いいよ、そういうの。講習組でわかるでしょ」

赤間君が面倒くさそうに言う。でもそれはイヤだ。そう呼ばれたとして、知らない人に〝口臭組〟!?　みたいに間違えられて振り返られたら屈辱的だった。

「ぼくいいの思いついたっス！　名案っス！　明暗でいうなら明の方っス！」

「……うさ丸のアイディアが採用されたことってこれまでなかったような」

「そんなことは……あるっスけど！　考えてみたらそうなんっスけど！　でも今回のはいいっスよ。〝放課後シックス〟なんてのはどうっスか!?　ちょうど6人っていうところから思いついたっス！」

トンきゅんに水を差されてもめげることのないうさ丸《まる》が、瞳《ひとみ》を輝かせてドヤ顔をしている。

「だ、だっせぇ……」

げんなりしたように呟《つぶや》く赤間《あかま》君だけど、後輩のアイディアを無下に否定するのも抵抗があるのか、明確な却下はしないスタンスのご様子。

いいね、この6人の名前！　連帯感みたいなものも生まれそうだし。私としては手放しでうさ丸を褒《ほ》め称《たた》えたい気分だった。

「それに決めよう！　でね、でね、ちょっとみんな集まって聞いて！」

私は6人全員を集めて、他の演劇部員に聞こえないようにこそこそと耳打ちをする。

「えー、マジかよ……」

「にゃー！　楽しそう、やろっ、やろぉ！」

「強そうで悪くないっつって！　熊野《くまの》さんはそういうの得意っつって！」

赤間君、にゃみりん先輩、熊野さん先輩の反応はそれぞれ温度差がありつつ。

うさ丸は「うおー、青春の匂《にお》いがするっス！」と拳《こぶし》を突き上げて大はしゃぎで、トンきゆんは無表情でこくりと頷《うなず》いただけ。

「じゃあいくよ、せーのっ！」

私の合図で、それぞれが指示通りのポーズをとる。

「放課後リーダー……。赤間遊兎《ゆうと》……。なんで俺がこんなこと……」

「放課後ワン！　にゃみりん！　たのしー！」

「放課後ツー！　熊野さんっつって！　がおー！」

「放課後スリー。トンきゅん。トンきゅんっていうか、本名は……」

「放課後フォォォォオオオ！　うさ丸ゥゥゥウウウ！」

「放課後ファイブ！　一宮《いちのみや》エルナ！　６人揃《そろ》って――――！」


「「「「「「放課後シックス！！！！！！」」」」」」


声を合わせて叫び、フォーメーション立ちをして最後にまた別のポーズを。

ドゴォォォォン！　という爆発音的なＳＥは心の中で鳴らしておいた。

決まった、完全に決まったよ。

途中でトンきゅんが何か言おうとしてたけど、うさ丸の声に掻《か》き消《け》されてしまっていた。

演劇部員達はよくわからないながらも、勢いに負けたらしく疎らな拍手が巻き起こっている。

「帰りてぇ……。まだ顔合わせしかしてないけど、今日はもう終わりにして帰りてぇ……」

赤間《あかま》君がポーズをとったまま顔を下に向けてブツブツとこぼしていたけれど、部屋の外から新聞部の離宮《りきゅう》ルミナちゃんがカメラを構えているのを発見して真っ青になって追いかけていってしまった。

ファンも多いらしい赤間君なので、ちょっとしたスクープになりそうな写真が撮れてしまったのかもしれない。

放課後シックスの始動を周知させる、いいきっかけになりそうな記事が、すぐにも発表されそうだった。

*

「少年マンガでいうところの修行みたいっスよね！　燃える展開っス！」

放課後シックス……初心者講習がはじまってから何日目だろうか。毎日の内容が色濃くて、時間が経《た》つのが短く感じていた。

座学や実戦、対抗戦での立ち回りの定石などなど、教わることは山ほどある。

勉強は好きではないけど、成績も悪くはないし飲み込みがいいと褒《ほ》められることも多かったから、ついていくのも苦ではなかった。

うさ丸《まる》はいっぱいいっぱいになっているけど、逆境でこそ燃えるらしくいつも一番元気だった。

「今日は先輩方みなさん遅いですね。そろそろお忙しいんでしょうけど」

トンきゅんはいつでもマイペースで、汗ひとつかかずに初心者講習にもついてきている。

ただ、みんなが帰った後に一人で黙々と復習しているのを目撃したことがあった。

未《いま》だにトンきゅんと呼ぶと、本名で呼んでくださいと訴えてくるのだけど、その肝心の本名が毎回何らかのトラブルで聞こえない（うさ丸が叫ぶとか）のはそういう運命なんだろうか。

うさ丸もトンきゅんもまるで真逆なタイプだけど、それがいいのかなんなのかやけに仲はいいみたい。毎日一緒の時間を過ごすだけに、私も含めて3人の間には絆《きずな》みたいなものが生まれ始めていた。

「全員来ないってどうしたんだろねー？　ちょっと放課後シックスのスペースを見てみるよー」

言いながら、端末を取り出す。この端末はこれでもかというくらいに多機能で、複数の生徒を登録してチャットスペースを開くこともできるのだった。

放課後シックスのチャットスペースも自己紹介に訪れたその日のうちに早速つくってあって、連絡は基本的にこれを用いることになっていた。

赤間《あかま》君はもちろんのこと、にゃみりん先輩も熊野《くまの》さん先輩も多忙なので、その日の初心者講習の集合時間は固定ではなくまちまち。先輩達の都合に合わせてスペースに連絡がくることになっていた。

好意で教えてもらう立場なんだから何も文句は言えない。

しかも、この二人はともかくとして私は演劇部の部員ですらないのだ。

「スペースにチャットしてみたけど反応ないねー、既読にさえならない！」

「自習でもしてのんびり待つりゅい～」

ビミィがお茶を飲みながらまったりと言う。

一応ミカグラ学園の講師だというこの生物は何歳くらいなんだろうか。

精神年齢的に私と同じくらいだと感じることもあるし、やけにジジくさ……大人っぽいこともある。

前に一度聞いてみたら、「何歳にみえるりゅい？」とくねくねしながら誰も得しないミニクイズを出題されたのでついつい殴ってしまったのだ。

結局年齢はわからずじまいだったな。

「ま、ビミィ先生の言う通り自習するっスよ！　ぼくはまず能力に目覚めるところからっスね！　精神集中っス」

能力に目覚めるのは対抗戦の最中というケースが多いようだけど、普段の生活の中でというパターンもなくはないらしかった。

うさ丸《まる》としては、一日も早く自分の能力が欲しいところなんだろう。なんせ、トンきゅんも私も既にその段階は過ぎていた。

私はまだアイテムが見つからない分、未完成ではあるけどね……。

能力は、部の先輩から伝授してもらうということも一応可能ではあるらしい。

ただその場合は限界があって、その先輩程の能力にはならないということで、あまり活用している子はいないようだった。

うさ丸もその内の一人で、「ぼくは主人公っぽい能力がいいんス！　だからオリジナルティが必須《ひっす》なんっスよー」と照れたみたいに語っていた。

オリジナルティって、オリジナルのお茶か何かかな？　もしかしてオリジナリティって言いたいのかな？　と思いながらも放置しておいたので、未《いま》だに「オリジナルティっス！自分だけのオリジナルティが！」と言っているのを見かける。

憎めない、愛すべきアホの子だった。

さてと、私は何の自習をしようかなーと悩んでいると、

「あそこにいるの、赤間《あかま》代表ですよね？」

窓から外を眺めていたトンきゅんが何か発見したようだった。

「んん、どれどれー？」

私とうさ丸《まる》が窓の傍《そば》に駆け寄って、トンきゅんの視線の先を見る。確かに、そこには赤間君の姿があった。

演劇部員数名に囲まれて、何事か相談にのっているような雰囲気。

「あー、ここに来る途中で捕まったっぽいっスねー。部員は何かあるとまず赤間先輩に相談を持ちかけるっスからね」

「そういう事情なら仕方ないですね。きっと他の二人も似たようなことで遅れてるんでしょう」

腑《ふ》に落ちた、という表情で納得する二人がいた。きっといつものことだからなんだろう。

赤間君は心底部員に慕われてるんだなぁ、とほっこりした気持ちになる。

ただ強いというだけで代表の椅子《いす》に収まったわけではないんだな、と思う。私も、自分の部をつくったらこれくらい信頼される人間にならないといけないよね。

声は聞こえてこないけど、相手をリラックスさせてにこやかに話している様子は見てとれる。いつもいじられてばっかりの赤間君の印象がだいぶ変わってしまいそうだった。

「いじられるのも、愛されてるからこそかぁ……」

「えっ？　オイラのことりゅい？」

私の独り言になぜかビミィが嬉《うれ》しそうに反応してくれたけど、残念ながら全然違うんだ。

それぞれに自主練習をすることにしながら、先輩達が来るのを待つことにする。

最初に来たのはにゃみりん先輩。

「あれっ？　みんな随分早いんだねぇ。なになに？　内緒で特訓でもしてたのぉ？」

その時点で既に集合時間から1時間が経過している。私達はすぐに理解した。

……にゃみりん先輩、時間間違ってる⁉

恐る恐るといった様子で、うさ丸がお伺いをたてる。

「先輩、集合はもっと早い時間になってたっス。ぼくらは自主練習してたから問題ないっスけどね！」

「んぅー？　でも遊兎《ゆうと》も熊野《くまの》さんもまだいないよぉ？」

「それはあの、みんな遅れてる……っス……。でももういいんス、すいませんでした！」

にゃみりん先輩の一片の曇りのない、邪気のない笑顔に心が折れてしまったようで、それ以上何か言うことをあきらめてしまったみたいだった。

先輩はただただ不思議そうに、逆にうさ丸が頭でも打ったのかと心配しはじめる始末だった。

その次にやってきたのは、両手に袋を抱えた熊野さん先輩。

「遅くなってごめんっつって！　パワーを維持するためにいっぱい食べ物を買い込んできた！　買いすぎたからみんなもどうぞっつって！」

買い物をしていて遅くなってしまった、ということらしい。パワーの維持のためっていうけど、パワーなんてその体のどこにもまるでなさそうですけど、とか指摘したら泣き出しそうだからそこはあえてツッコまないでおこう。

でも、その肝心の買ってきたものというのが、

「スタミナ豚丼《ぶたどん》……ですね」

トンきゅんが眉《まゆ》ひとつ動かさずに、袋からひとつを手にとって眺めていた。それを見て、熊野《くまの》さん先輩がハッとしたように口元を押さえて、とんでもないことをしてしまったと小刻みに震えている。

「トンきゅんごめんだよ……。共食いになるとか、そういうこと考えないで買ってきちゃったよ……」

「豚っていうモチーフの衣装とニックネームを与えられただけで、豚そのものではないですのでね。共食いにはならないから大丈夫ですから。それと、語尾を忘れてるところが本気で申し訳ないと思ってる感が強まって切ない気持ちになるのでやめてもらいたいのですが」

極めて冷静な口調で淡々と喋《しゃべ》るトンきゅんと、テンパりすぎて自分のキャラを放《ほう》り出《だ》し

てしまっている熊野さん先輩との対比がシュールだ。

「あと、できれば本名で呼んでほしいんですけど、本名は……」とトンきゅんが名前を言おうとしているところで、部屋に駆け込むようにして赤間《あかま》君が入ってきた。

息を切らせて、余程急いできたらしいのがわかる。

トンきゅんの本名はやっぱり今回も聞けないままだった。

赤間君が遅れてきた理由を話そうとするけれど、うさ丸《まる》もトンきゅんも何も聞こうとはしない。

二人が私と同じ気持ちなら、きっと引き受けていたのは個人的な相談だろうし、首を突っ込むのも野暮だと思ったのだろう。

「大体わかってるッスから！　さっ、放課後シックスが揃《そろ》ったところで今日もはじめてほしいっス！」

「まずはこの豚丼を処理しますか？　せっかくですし」

「はいはいはい！　この一宮《いちのみや》エルナ、ポイント残高不足による万年空腹につき、豚丼は3人分までは担当できますっ！」

みんな揃ってこそ、放課後シックス！

わいわいと雑談もしながら、まずは食事から。赤間君も、今この瞬間は自然体になっているように見えた。

「ふむ、そういう笑顔もできるんだよねー、やっぱりさっ」

「エルナ、何か言ったかりゅい？」

ううん、なんでもないよ！　と返して、自分の分の豚丼《ぶたどん》を確保しにかかる。

「豚は食べられないから、どうぞ。差し上げますよ」

まずはトンきゅんが自分の分を私にくれた。やっぱり豚としての仲間意識みたいなこと
っつって……!?　と言いたげな熊野《くまの》さん先輩の視線が気になりつつ、遠慮なく受けとった。

その次に目をつけたのは、買ってきてくれた熊野さん先輩だ。

「お肉を食べると熊みたいに強くなれるなんて、そんなワケないよー!?　お腹《なか》にお肉がつ
いちゃうかも……？」

冗談半分で脅しをかけてみたら、わかりやすくうろたえて、

「そ、そうなの!?　お腹にお肉……うぅ～」

また語尾をすっかり忘れてしばし悩んだ後、無言でスッと豚丼を私に差し出した。

熊キャラを確立したいという気持ちよりは、女子としての本能の方が勝るらしい。ちな
みに、私は太らない体質なのでいくら食べたって大丈夫！

その事実を女子の前で口にしたが最後、大変な修羅場《しゅらば》になるのは過去の経験上わかって
いるので何も言わないけど。

それにしても、最初に危惧《きぐ》していた通りだった。

この場所が、この仲間達といるのが心地《ここち》よくなりすぎて、離れたくなくなってしまう。

赤間《あかま》君は苦い顔をするかもしれないけど、私が演劇部に入りたいと言えばきっとみんなは歓迎してくれるのだろう。

でも、あの日決意した自分との約束を反故《ほご》にするわけにはいかない。

放課後シックスに、甘えちゃいけないんだ！

とにかくそんなこんなで、今日もまた特訓に明け暮れるのだった。

＊

授業を受けて、放課後は演劇部で対抗戦のための勉強をして。心地よい疲労感を抱えて帰るところは、いつだってここだ。

「ただいま、マイルーム！　マイ寝袋ちゃん！」

帰宅部への正式入部の話が消え去り、しばらくここで眠ることになると決まってから、私はここをどこまで快適な環境に改造できるかに苦心《くしん》してきた。

「毎日起こしに来るときに見てるから変化に気付きにくかったけど、とんでもないことになってるりゅい……」

ビミィも絶句の完成度だった。こうなってくると、自分の部を創部してからもここを拠点に部員のスペースを近くに広げていきたいくらいだ。

「ふっふっふー！　最初は寝袋がポツンとひとつ置いてあるだけの場所だったけど、こうなるともう部屋って言えると思わない⁉」

来客があっても困らないどころか、むしろ自慢できてしまう。

ポイント収入はほぼ日常生活を送るだけで消滅してしまうので、ここまで整えるまでには色々な工夫が必要だった。

「土日に広場で行われるフリーマーケットで、とにかく値切りまくって半ば無料で強奪する勢いで品物を買っていく生徒がいると噂《うわさ》だったりゅいが、まさか……」

……色々苦労したのだ、ホントにね。

でも、そのお陰で私の城ともいえる場所ができたから！

ただ、寝るところだけは変わらずに寝袋だ。ベッドも布団もなく、寝袋。そこを変えてしまうとなんか怒られそう、ということで自粛しているのだ。

ビミィに設備を自慢していると、チリリリリーン！　と涼やかなベルの音が鳴った。

「お、来客かなっ」

「そんなものまで勝手につけてるりゅい⁉」

本当はインターホンをつけたかったんだけど、いくらなんでも電気工事まではできないので苦肉の策なのだ。

入り口までお客様を出迎えにいくと、そこにいたのは、

「ひみちゅわぁぁぁぁぁぁぁん！！　らぴゅ────────！！」

「わわわ、いきなりなぁにー!?」

書道部の代表兼、私の天使である八坂《やさか》ひみちゃんだった。

抱きついてスリスリしようとして、大筆を盾にガードされてしまう。

「もう、ひみちゃん！　筆はそんな風に使うものじゃないでしょ。書道に使うための大切なものでしょ！」

「対抗戦で武器にしてる時点でもうなんでもアリなんだもん！　それより、今日は遊びにきたんじゃないんだから」

言いながら、私の城をきょろきょろと見回している。

壁紙を（勝手に）貼《は》り変《か》え、ダンボール製ながらもそうはとても見えない壁も（無許可で）作り１ＬＤＫに区切られていた。

「住む？　ひみちゃんも住む？　同棲《どうせい》しちゃう？　私なら……いいよっ」

「溜《た》めてからの〝いいよっ〟、じゃないのっ！　頬《ほお》を赤らめて恥ずかしいけど精一杯の、〝いいよっ〟じゃないのっ！　まったくー！　ここが廊下だったなんてわからないくらいいじくりまわしてるしー、オシャレな感じになってるけどっ」

腰に手を当てて怒るひみちゃん、inマイルーム。絶景だった。新聞部にはこういうところを撮影して記事にしてほしい。『新入生の一宮《いちのみや》エルナと書道部の八坂《やさか》ひみ、なんと熱愛発覚⁉』みたいなことで既成事実《きせいじじつ》を捏造《ねつぞう》していただきたいものだ。

「それで、今日はどうしたんだりゅい？　遊びにきたんじゃないって言ってたけど」

私に任せておいたんじゃいつまでも話が進まないと思ったのか、ビミィが代わりに用件を聞いてくれた。

「そうなの！　遊びじゃないの！　エルナちゃんと一緒にゲームしたいなーって思ってきたんじゃないの！」

無造作に置いてある複数の携帯ゲーム機を物欲しそうな目で見ながら、我慢するようにひみちゃんが言う。

や、やりたいなら一緒に遊ぼ……？　涙滲《にじ》ませるくらいなら遊ぼうよ……？

「ひみはね、この寮の管理人さんのお使いできたんだよー。だから、わかるよね？　どういうことか……」

言い出しにくそうに部屋の壁を叩《たた》きながら、ダンボール製の壁なのでボコンボコンという音をさせて叩きながら言われた。

「えっ……まさかっ……もしかしてっ」

「そうなの。多分そのまさかなの」

「――まさかあまりにもよくできてるから表彰したいってことかな⁉　管理人さんもなかなかセンスがあるね！　評価します！」

「私の伝えたいまさかとは違ってたよー⁉　エルナちゃん発想がポジティブすぎないかなっ⁉」

　そうかなぁ。そのくらいの完成度だと思うんだ。世界遺産ならぬ、ミカグラ遺産に認定されてもおかしくはないって思うんだ。

「管理人のお使いってことは、エルナのこの家の増改築がとうとう見逃せない領域に入ったってことりゅい？」

「見逃せないかー！　そっかー！　名所みたいな立場になってきたかー！　成り上がったかぁー！」

　そうだろうそうだろう。自分の快適さのためにやったことだけど、認められるのは悪い気分じゃなかった。

「見逃せないっていうのはそういう意味じゃなくてねっ⁉　明日の朝までに取り壊して元の廊下に戻さないと、処分するってー！」

　…………えっ。

「取り壊すって、これ全部かな？」

「うんっ」

「寝袋オンリーに戻れって意味かな？」

「そうそうっ」

呆然《ぼうぜん》と聞く私に、ひみちゃんはヤケになったのか元気一杯に答えてくれる。

「ひ、ひみもちょっとは手伝うからー！　元気だして、エルナちゃんっ」

まだ現実を受け止められそうになかった。最初は気を使ってちょっとずつやってたんだよ？　それで何も言われなかったから、「あ、これは好きにしていいやつだ！」って思ってここまでしてしまったんだよ……？

完成してから壊せだなんてあんまりだった。

「きっと、管理人もここまで派手に暴走するとは思わなかったんだりゅい……」

私の城の取り壊し作業は、夜遅くまでかかった。

個人用に支給されているロッカーに入りきらない荷物は処分しなくてはならないので、泣く泣く捨てる物が殆《ほとん》どだ。

「あぁ、エリザベート……短い期間だったけどありがとうねっ」

「ダンボールの壁に話しかけてるりゅい⁉　壁に名前つけてたの⁉」

ビミィがオーバーに驚いているけど、そんなのは当然だ。そのくらい愛着があったということなのだ。

「燃えるゴミに出しても怒らないでねアキコ……。私もそのうちそっちにいくからね……？」

「ダンボールの名前変わってるよっ⁉　エリザベートじゃなかったのー⁉　国籍からして変わってない⁉　あと暗すぎるから！　思い詰めすぎだよっ」

ひみちゃんが自分の体よりも大きな荷物を軽々と持ち上げながら言う。

な、名前を間違えるくらい気が動転してるということなのだ。名前の設定が曖昧《あいまい》でイマイチよく覚えてなかったということじゃないのだ。決してそんなことはないのだ。


片付けは夜遅くまでかかってしまった。

最後に残されたのは、最初からあった寝袋、ただひとつだけ。

「私にはもうお前だけだぁーっ‼」

思いっきり叫んで、廊下の隅にポツンと置かれた寝袋に飛び込む。

もう私はこの寝袋と添い遂げると決めたよ。今後もしも部を創部できて、自分のちゃんとした部屋が持てたとしても、寝るのはこの寝袋にする！　その部屋にこの寝袋を持ち込む！

「……やっぱりエルナちゃんは立派なお部屋よりもこの寝袋が似合うよねっ」

「この寝姿がしっくりくるりゅい」

ひみちゃんとビミィがコソコソと話しながら帰っていく。

裏切らないのは寝袋だけだ。もう離さないよ、マイ寝袋。

……でもそろそろ洗濯しないと、ちょっと汗臭くなってきたよ寝袋。

＊

ルーキー戦のトーナメント組み合わせ発表は、もちろん試合当日にいきなり行われるはずもなく。

一年生の人数がとにかく多いので、トーナメント表の貼《は》り出《だ》しは青空の下。学園の敷地内にある大きな広場で行われることになっていた。

眩《まぶ》しい太陽の光に目を細めながら、ちらほらと散見される多分同じ場所に向かって歩いているであろう一年生の流れに乗って進んでいく。

それぞれが緊張の面持ちだったり、友達同士で手を繋《つな》いでピクニック気分だったり、トーナメントへの意気込みは様々だ。

ルーキー戦初日まであと一週間。

放課後シックスの初心者講習も仕上げの段階に入りつつある。

「いよいよだねー、私の晴れ舞台！　華々しく飾って、新しい部の設立を宣言してやるぞー！」

　直前まで準備を怠るつもりはないけど、既に気合いは充分。講習を受ける前までの私とは一味違う。

「エルナは出場者の中でも知名度は高いはずだりゅい。なにせ、ひみちゃんに一度公式の対抗戦で勝利してるからね。その後の星鎖《せいさ》との模擬戦で負けちゃって評価を落としたとはいえ、まだまだ注目の存在だりゅい」

「んー、その後の練習ルームでのひみちゃんやアスヒ君との試合で、私が手も足も出ずに負けちゃったことがわかったら、一気にその評価も消えちゃいそうだけどね」

　ビミィも一緒になって、トーナメント表が貼り出されている広場へと向かう。

　端末でも対戦相手や開始時刻は閲覧できるけど、あの大きなトーナメント表を実際に見てこそのルーキー戦だから、とビミィに言われてきたのだ。

　それと同じようなことを各部の先輩方に言われるのか、端末でチェックを済ませずにきている一年生が多いようだった。

　基本的なことは全《すべ》て端末でどうにかできてしまうミカグラ学園だけど、こういうアナログな文化みたいなものが残っているのはなんだかちょっと嬉《うれ》しい。

「お、まだ幕がかかってるから対戦表は見えないけど、もしかしてあのでっかいボードがそうかなっ!?」

広場の中央に高さ3メートル、幅は計測不能なくらいに大きなボードが設置されていた。まだ広場の入り口に差し掛かったところなのに、それでもその存在感に目を奪われる。

白い幕のかかったボードの前には、既に人だかりができていた。

「組み合わせの公開時間まであともう少しだりゅい！」

「せっかくだから一番前で見たい！　急ぐよ――――、ビミィ！」

ルーキー戦に照準を合わせてはいたけど、こうしてその開始を告げるボードを目の前にすると俄然《がぜん》テンションが上がってしまう。

見るなら一番前の真ん中でとは思うけど、さすがに前方は大方埋まってしまっていた。発表の際にちょっとしたイベントが開催されるという情報があったので、そのせいもあるんだろうな。

「ぐぅ、空いてるところないかなぁ。って、あそこにいるのはもしかして……？」

特等席である最前列の真ん中に、お花見の時のようなシートを敷いて陣取って座っているのは、どう見てもトンきゅんだった。

周りにうさ丸《まる》はもちろん、他の演劇部員の姿も彼の友達らしき姿も見当たらないので一人で来ているんだろうか。ちょっと張り切りすぎじゃないか。

人を掻《か》き分《わ》けるように入っていって自然にトンきゅんの横に並び、

「やー！　ごめんごめん、待ったー⁉」

まるで予《あらかじ》め待ち合わせていたみたいな空気を作ってシートに座り込んでしまう。

トンきゅんは何も言わず、いつも付けているマスクを下にずらして紙パックのジュースを飲み始めた。

「ち、ちょっと待って‼　トンきゅん落ち着いて⁉」

「落ち着くべきなのはそっちだと思うんですけど」

チュー、とストローからジュースを吸い込みながら、いつも通りのローテンションで返してくる。

そ、そうか、落ち着くのは私か！

でもだって！　トンきゅんがマスク外してるところ初めて見たんだよ⁉

放課後は毎日、長時間行動を共にしていたのに全くマスクを外そうとしないから、何か理由があるのかと思っていたのだ。

あまり触れないようにしよう、とうさ丸と相談していたりもした。

率直に言ってめっちゃ気を使ってた。それなのに。

「マスクの下、普通かよ⁉　っていうか綺麗《きれい》な顔してるねトンきゅん⁉」

「……普通ですよ、なんだと思ってたんですか。豚みたいな鼻がついてるとでも思ってましたか」

そんなことは思ってないけど、こんなに整ったお顔をしているとも思っていなかった。

豚をモチーフにしたアイテムを付けていて、トンきゅんというふざけた……いや、コミカルな名前なのに、どこぞの王子様かというような顔立ちをしていた。

ミカグラ学園には美男美女が多いけど、その中でも際立っているように感じる。

私の内心の衝撃が伝わらないようで、意に介さずといった様子でジュースを飲み続けるトンきゅん。

周りの女子達の視線がチラチラと彼の方を向いていることにも、きっと気付いていないだろう。

トンきゅんが確保していた場所に勝手に押し入ったことには何も言わず、そのままスッと少しだけ場所をズレて、私とビミィが座りやすいようにしてくれた。

王子か……!?　王家の血筋《ちすじ》を引く者か……!?

あまりの行動のスマートさにビビりながら、気になったことを聞いてみる。

「うさ丸《まる》は一緒じゃないの？　こーゆーの、いの一番に来たがりそうなヤツなのに」

飲み終わったのか、紙パックを潰《つぶ》してマスクを戻しながら、

「楽しみにしすぎたらしくて、緊張してお腹《なか》が痛くなったってトイレへこもりっぱなしなんです。うさ丸が場所取りしたいっていうから早い時間から来て待っていたんですけど」

声のトーンは変えずに淡々と教えてくれた。

最初はずっとこんな調子だから、私がうるさすぎて嫌われてるのかな？　とか怒ってるのかな？　と心配したものだけど、常に誰に対してもこういう性格なんだと今はわかっている。

マスクを戻してしまえば、完全に私の知っているトンきゅんだ。さっきの姿はまるで二次元みたいでドギマギしてしまうから突然見せないでいただきたいね。

「そろそろ時間だりゅい」

いつの間にやら、周囲を見回すと後ろの方まで人がいっぱいになっていた。

「わ――――！　みてみて、ビミィ。大盛況だね！」

一年生だけでなく、上級生の姿もみえる。ルーキー戦というのはそれだけ大きな大会だということなんだろう。

思わず、ぶるっと武者震いをする。それを横目に見て、トンきゅんがマスクの下で小さく笑ったようにみえた。あと、うさ丸が遠いトイレの中で、小さく呻《うめ》く姿が脳裏に浮かんだ。……えーと、そっちはいらないです、はい。

そして、トーナメント表公開の時刻が訪れた。

同時に、日中だったはずなのに周囲が途端に暗転し、激しい音と煙を撒《ま》き散《ち》らしながらいくつもの花火が打ち上がる。

「うあ――――、なんか凄《すご》いんだけどっ！　祭りか⁉　お祭り騒ぎなの⁉　ワッショイなの

「――――!?」

盛り上がって、ついつい立ち上がってしまう。最前列にいることを思い出して慌てて座りなおそうとしたけれど、その必要はないみたいだった。

「みんな立ち上がってますから、そのままで大丈夫ですよ」

そう言ったトンきゅんも隣で立ち上がって、花火を見上げていた。後ろのみんなも同じだ。多少の傾斜のある広場だからか、立ち上がってもボードは見やすいようになっているようだった。上手《うま》くできている。

「ミカグラ学園の敷地は、透明で普段は見えないけど実はドーム状に覆われているんだりゅい。今はそのドームをこの広場に限り非透過にして、イベントのための演出をしているのだりゅいー」

どういう仕組みなんだろう、と思っているとビミィがわかりやすく教えてくれた。ちなみに、花火や煙も実在するものではなく、光を操ってそのように見せているだけらしい。まるで魔法みたいだ。

しばらく、幻想的な音楽と共に光のイリュージョンが乱舞してから、

「あ、また明るくなったよ?」

暗転も終了し、広場はイベント開始前の雰囲気に戻っていた。けれど、音楽は鳴《な》り止《や》まず、徐々にヒートアップしていく。

「もう少し厳粛な発表かと思っていたんですけど、かなりショーアップされていますね」

音楽のせいで言葉が聞こえにくかったけど、トンきゅんも意外だったようだ。端末を取り出してうさ丸《まる》からのチャットに対応しながら、青空に戻った頭上を見上げていた。

うさ丸はトイレにとじこもって何を言ってるんだろ？　とトンきゅんの端末を覗《のぞ》き込《こ》むと、

『もう少しで出るから、どうにかしてぼくが行くまでイベントを止めてくれっス！』

無茶苦茶《むちゃくちゃ》なことを書いていた。もう少しで出る、という生々しい情報は本気で不要だ。

トンきゅんはしばらくそのメッセージを凝視したあと、眉《まゆ》ひとつ動かさずに端末をしまい、何事もなかったかのようにトーナメント表に視線を向けていた。

さすが、うさ丸の扱い方も手慣れたものだよ……。

急に音楽のボリュームが控えめになったかと思うと、どこにスピーカーが設置されているのか、マイクを通した声が聞こえてきた。

聞き覚えのある声だ。これは……。

「ルーキー戦のトーナメント発表の時間がやってまいりました！　ＭＣは漫画研究会部長であり、代表でもある三年の二宮《にのみや》シグレがお送りしますよー！」

シグレだった。声が似ているだけの別人だと思い込んでやり過ごしたかったけど、名前まで名乗られたらもう逃げ道はない。

トーナメントボードの前に設置されている、小さなステージのような場所に立って集まった生徒に向かって手を振っている。

キャー、と女子の黄色い声援が飛んでいるのが信じられなかった。みんな騙《だま》されてるから！　目を覚まして⁉

どうにか身を隠そうとしたけど、最前列の中央じゃ無理がある。案の定シグレは私の姿を発見するや否や、目を輝かせて手の振りを全力で強めていた。

「ああ、もう恥ずかしい……。穴があったら埋めたいよ……」

「それだと死んじゃうりゅい⁉　穴があったら入りたいでしょ⁉」

ビミィが早まるなというように止めてくれるけど、この従兄《いとこ》はそのくらいしてもきっと無事なのだ。素の生命力が強すぎるし。

ルーキー戦のための会議にシグレも参加していたのは知っていたから、どこかで関《かか》わってくるだろうなとは思ってた。私の前に立ちはだかるだろうと覚悟していた。でも、それにしたって早すぎるから！

腑《ふ》に落ちない思いで、シグレのやけに上手《うま》い司会進行っぷりに腹を立てながら、トーナメント表にかけられた幕が外される瞬間を待つ。

これだけ大きいボードだと、幕が外れたところですぐに自分の名前を発見することは難しそうだった。イベント中だからこれ以上近づいて探すこともままならない。

それは、端末で情報を調べる方が手っ取り早そうだった。

トンきゅんも同じことを考えたのか、まだトイレからチャットを送り続けているらしいうさ丸《まる》からのメッセージウインドウを何の躊躇《ためら》いもなく消去し、対戦相手がすぐにわかるように備えていた。

「ドキドキするねー。演劇部のみんなとだけは当たりたくないなー！」

そんな偶然はなかなかないだろうけど、もしそうなってしまったら。複雑な気分だった。

「例え誰と戦うことになっても、手加減しませんよ？」

少しだけ不敵な声色になって、トンきゅんが告げる。

「私だって全力で勝ちにいくよー！　ううん、相手がうさ丸だったら、全力以上で勝ちにいくよー！」

「うさ丸君に何の恨みがあるんだりゅい……」

シグレの煽《あお》りも最高潮に達し、見ている側のボルテージも上がってきた。さながら、広場全体が野外ライブ直前のような雰囲気になってきている。

これは、トーナメントに参加するわけでもない上級生がわざわざ足を運ぶのもわかる気がした。

ミカグラ学園において対抗戦というのは、こんなにも存在感のあるものだったんだ。

私はいつの間にか歯を食いしばっていた。強く、強く。早く戦いたい気持ちばかりが膨れ上がって、爆発寸前だった。

シグレの合図に合わせて、大きな幕が外される。広場全体にどよめきが広がる。そして、あちこちから聞こえてくるのは悲喜こもごもの声。

周囲を見回すと、自分の端末を覗《のぞ》き込《こ》んでいる生徒が大多数を占めていた。どうやら、幕が外れると同時に対戦相手の情報が端末に届けられたらしい。

「私はっ⁉　私の相手はどうなのっ⁉　ねえビミィ、どうやって見るのか教えて――――！」

「お、落ち着くんだりゅい！　端末がオイラの顔にめりこんでるりゅい。これじゃ教えることもできないりゅい……」

必死になるあまり、ビミィの顔面に端末を強く押し込みすぎていた。

「メールで届いていますよ、ほら」

隣にいたトンきゅんが、自分の端末を差し出して見せてくれる。

「ほんとだっ！　名前と所属する部活だけじゃなくて、写真や簡単なプロフィールまで表示されるのかぁー」

トンきゅんの対戦相手は吹奏楽部の女子らしい。初めて見る顔なので、クラスメイトではなさそうだった。

その他に、試合の開始時間や場所、審判の名前などの情報が明記されていた。

「多分今日中には、新聞部が注目の組み合わせや優勝候補の生徒を特集した記事を発表すると思うりゅい。それと照らし合わせてトーナメント表を見るのも楽しいんだりゅい」

端末の形に跡のついてしまった顔を気にしながら、ビミィが言う。

「ふーん、なんか悪い子たちが賭《か》け事《ごと》とかはじめそうなイベントだよね……」

そんな発想に至る私がおかしいのかもしれないけど、学園中で誰が優勝するか、という話題一色になればそういうことも行われていそうだった。

「あ、それは学園の公式で用意されているりゅい！」

「そうみたいですね。ほら、ここを見てください」

トンきゅんが再び端末をいじって見せてくれる。そこに表示されているのは、トンきゅんとその対戦相手の子の情報。画面には一緒に、

「期待値が表示されてるよー!?　しかも、リアルタイムで思いっきり変動してるし！」

生徒それぞれに期待値が設定されていて、投票される度にそれがグングンと上昇していくという仕組みらしい。

「ベットした場合の倍率は優勝者が決まるまでは未公表だりゅい。期待値から予測して、優勝すると思う生徒に賭けるんだりゅいー！」

裏で勝手にやられるよりは学園側でコントロールした方がいい、という考え方なんだろうか。

それにしてもここまでだとは思わなかった。お金代わりに使用できるポイントを賭ける

わけだけど、本当にいいのかな……？

ちなみに、トンきゅんの表示期待値は４００。対戦相手の子は２００だった。ここから変動するにしても、今のところはトンきゅんが有利と予想されているらしい。

きっと、新聞部の記事が出たらこの期待値も大幅に変動したりするのだろう。

「こんな数字に踊らされるつもりはないですけれど、ね」

それでも気になってはしまうようで、トンきゅんはチラチラと端末に視線をやっている。

そして何事か思いついたかと思うと、ルーキー戦のところからうさ丸《まる》の名前を検索。表示されたのは、

「うさ丸の表示期待値、０だね……」

「見てはいけないものを見てしまったようだりゅい……」

残酷なまでに大きなフォントで煌《きらめ》くゼロという数字。この場にうさ丸がいなくて本当によかったと思うよ……。

「それで、そちらの対戦相手はどうだったんですか」

「そうだったぁぁぁ!!　すっかり忘れてたっ！」

うさ丸の情報を見なかったことにするように端末をしまうトンきゅんに促されて、自分の対戦相手をまだ確認していないことにようやく気付いた。

胸を高鳴らせながら端末を操作し、メールを確認する。

「あぁ……好みのタイプの子だといいなぁ……」

「お見合いの写真かなんかと勘違いしてるりゅい!?　対戦相手だよ！」

うるさいなぁ、そんなのわかってるし！　どうせ戦うんだったらっていう話なのに！

唇を尖《とが》らせながら、対戦相手の情報をオープンする。するとそこに表示された名前は、

『書道部　花袋《かたい》　めいか』


「一回戦の相手が花袋ちゃん〰〰〰!?」

寝袋ちゃんこと、花袋ちゃんだった。同姓同名の別人と思いたいけど、写真も完璧《かんぺき》に花袋ちゃんだ。あの愛らしい花袋ちゃんだ。

この画像はどうやって保存するんだろ、ラブリーすぎ……なんて関係ないことを考えながら、とにかく混乱していた。

トーナメント戦なんだから、勝ち上がっていけたらどこかで友達とやりあう可能性があるのはもちろん考慮していた。

けど、まさか一回戦からだなんて。

「マッチングは同じ部に所属する生徒同士は最低数回勝ち上がるまでは当たらないように組み合わせられているけど、それ以外は完全にランダムなんだりゅい」

「そっかぁ。なら仕方ないけど……」

張り切っていた気持ちが少し萎《な》えてしまったのも確かだった。

落ち込みながら、私の表示期待値はどんなものかな、と確認してみることにする。

「ぎょええええええええ!!　なんでなんでなんでっ!?　4800もあるよ――――!?」

うさ丸《まる》よりは数値が高ければいいや、なんて気持ちで見てみたのにとんでもない期待値の高さだった。

「新聞部の記事でも大きく取り上げられたし、エルナを優勝候補にと推す人も少なくないんだりゅい。驚くようなことでもないりゅい」

驚くようなことだよ！　もし0だったら自作自演で、自分で自分に賭《か》けて数値を少しでも高くしようとさえ思ってたんだよ!?

どうやらそれはシステム上不可能らしいけど、まさかこんなことになっているなんて。

「対戦相手の書道部の子は今のところ200という期待値ですね。だからって油断はできないと思いますけど」

トンきゅんが花袋《かたい》ちゃんの数値も見てくれていた。彼の言う通り、これは傍《はた》からの予想の数字であって実力をそのまま示すものなんかじゃないんだ。

鵜呑《うの》みにして油断するのは愚の骨頂だった。

広場の至る所で、対戦相手を確認したのだろう、情報を集めに動く生徒や、いてもたってもいられないのか練習ルームのある建物へ走っていく子もいた。

「ぐぐー、私も体を動かしたいよ！　こうしちゃいられないよ！」

シグレのMCはまだ続いているけど、内容が何一つ頭に入ってこない。いてもたってもいられないとはこのことだった。

「今日は体を休める日だと、赤間《あかま》代表は宣言していました。教わっている立場なんですから、しっかりと従いませんか」

彼も同じような気持ちでいるのは間違いないだろうに、トンきゅんは至って落ち着いていた。けれど、その瞳《ひとみ》は静かに燃えているようにも見える。

「そうだりゅい。ハードワークすれば強くなれるというものでもないりゅい～」

「かもしれないけど、二人の言うことは正論で返す言葉もないけどさっ、この気持ちの行き場はどうしたらいいのー⁉」

なにより、一番気が急《せ》いてしまうのは。他の子の情報に所属の部が出ているのに、私のところはそこがすっぽりと空欄になってしまっているという事実だ。

そこに、早く部活の名前を刻み込みたい。そのためには、勝ち上がってアピールしないといけないもんね！

鼻息も荒く広場を出て行こうとする私のマフラーを、こっちを見ないままのトンきゅんが掴《つか》んで引き止めてくれているところに。

「あ！　やっぱり一宮《いちのみや》さんでしたっ！」

やってきたのは、花袋《かたい》ちゃんだった。

「わたしも広場まで来てトーナメント表の発表を待っていたんですけど、ほら、MCの二《に》宮《みや》先輩が特定の子に向けてたくさん喋《しゃべ》っていたのでもしかしたらと思って！」

「――花袋ちゃんっ！　そうなんだよ、そうなの！　シグレのバカがMCっていう立場を忘れてステージ上から普通に話しかけようとしてきてさ。もちろん無視してたけどねっ」

あまりにシグレがアピールしてくるので、トンきゅんに「あの先輩は知り合いですか？」と聞かれてしまい、「全然、知らない人だよー」と答えたらステージ上でシグレが鳴《お》咽《えつ》するというどうでもいい事件まで発生していた。

どうしてあの従兄《いとこ》はいつもああなんだろう。小さい頃はもっと違ってたような気がしたんだけどな。思い出補正ってヤツかな？

「それで、一宮さん。……もう見ました？」

若干気マズそうに、花袋ちゃんがトーナメント表のボードをチラ見しながら言う。

この様子だと花袋ちゃんももう当然、既に対戦相手が私だということは知ってしまっているのだろう。

どうやって、どんな話し方で、どんな表情で、なんて答えるのが正解なのか。

入学初日に出会って、クラスも同じで。それから私が色々な部に体験入部をと試行錯誤している間もずっと気にかけてくれていて。

そんな仲良しの友達と一回戦でぶつかることになって。私はどう言うべきなんだろう。

考えている時間は、ほんの数秒もなかったと思う。けれど、それはまるで永遠のような時間に感じられた。

私が言葉を選んでいる間に、ぎゅっと両手を包み込むように握《にぎ》られた。

「……えへへ、一回戦でいきなり戦うことになっちゃいましたね。ビックリしましたけど、いい戦いにしましょう？」

花袋ちゃんは、そう笑いかけてくれた。少し寂しそうではあったけれど、包み込む手はとても暖かくて。

どう言うべきか悩んでいた自分が馬鹿みたいだった。そうだよ、こう言えばいい。

「花袋ちゃん、私は負けないよー！　全力を出し切って、終わった後はまたこうやって握手しようねっ」

「はいっ」

「それでそれで、ハグしてチューしてまた寝袋仲間になろうねっ」

「……それは嫌です」

笑いあって、お互いの健闘を約束した。

対抗戦は、ルールの存在するれっきとした競技だ。相手が友達であっても、遠慮する理由なんてどこにもなかった。

握《にぎ》った手を放そうとしない私をビミィの力を借りてまで最後はもう振り切るようにして、花袋《かたい》ちゃんは去っていってしまった。

ひみちゃんに勝った次の日、レストランで私の勝利をあんなに喜んでくれた花袋ちゃん。

それに恥じないような戦いを、今回もしたいと強く思った。


ステージ上では、シグレによるMCがずっと続いていた。

広場に集まった生徒は減るどころか、トーナメントの組み合わせ発表後に更に増加していく一方だ。

メールで対戦相手を確認した後にここにきた子も多いのだろう。みんな顔にやる気が漲《みなぎ》っているようだった。

でも、それは私もトンきゅんも、……あと、きっとトイレの中で対戦相手を確認したであろう、うさ丸《まる》も同じ。これだけの人数の一年生の中、勝ち上がるのは大変なことだ。けど、だからこそ価値がある。

「ステージを見るりゅい、今から有力な出場者を紹介するみたいだりゅい！」

「本当ですね、さっきまではあんな映像はなかったように思うんですけど」

ビミィとトンきゅんが言うように、シグレの立つステージに、空中に投影された大きな映像が流れ始めていた。

アーティストのプロモーションビデオのように激しく動きながらも綺麗《きれい》に編集されていて、広場の生徒みんなの注目を浴びている。

格闘技の出場選手紹介のようでもあって、闘争心や期待を掻《か》き立《た》てる内容になっていた。

映像の中で一人の生徒の練習風景が素早いカット割りで流れているのを見て、いつの間にこういう映像を撮影しているんだろう、と思ってしまう。

そうしている間にも音楽がテンポアップし、

「それでは今回イチオシの注目生徒を紹介していくぞー！」

喋《しゃべ》り始めたのはやっぱりシグレだった。これもMCの役割の一つであるらしい。

この時点で、かなーり嫌な予感で溢《あふ》れかえっている。私にはその予感がどうか当たらないことを願うしかない。

私の心境になんて気付かないシグレが、大袈裟《おおげさ》なアクションと共に次々と生徒を紹介していく。

「まずは一年生にしてすでに天文部代表の座を射止めたこの少年！　射水《いみず》アスヒ君だー！現在の期待値は今年度最高となる９４００を記録！　ルーキー戦の大本命としてこれから

まだまだ上昇していくでしょう！」

シグレの声と共に、アスヒ君の映像が流れる。何かの練習中だろうか、普段のおっとりした様子とはまた違った一面が見られる私得な映像に仕上がっていた。

「アスヒ君、もう天文部の代表なの⁉ すごいなぁ」

「つい先日決定したばかりらしいりゅい。一年で部の代表になる子はそんなに珍しくないけど、天文部みたいに歴史の長い、部員数も多い所では滅多《めった》にないことなんだりゅい！」

あんなに天使なのに対抗戦も強いだなんて、神様は不公平だ。今度みんなを集めて、代表就任記念でお祝いのパーティーでもしてあげたいな。

「続いては放送部より！ 蕩《とろ》けるような美声とは裏腹にキレのある動きで前評判は上々！ 遠石遥架《といしはるか》ちゃん！ 現在の期待値は５２００。放送部という比較的小規模な部から、どこまで勝ち上がっていけるか注目が集まります」

アスヒ君の映像とは違い、単なる学園生活の盗撮にしか見えない映像が流れる。当たり前だけど、シグレの紹介にあったキレのある動きも伝わってこない。アイドルみたいに可愛《かわい》い子なのもあって、広場にいる男子からは歓喜のどよめきみたいなものが起こっていた。

「カメラマンいいぞー！ もっとやれー！ 下のアングルから攻めろー！」

「エルナが一番歓喜してるりゅい……」

映像はいいところで終わり、ちっ、と思わず舌打ちしてしまう。出場する生徒の紹介が

しばらく続き、こんな部もあるのか……などと興味深く見守っていると、

「いよいよラストの紹介！　何を隠そうこの二宮《にのみや》シグレのかわいいかわいい従妹《いとこ》！　小さい頃は〝シグレのお嫁さんになるぅ〟と将来を約束しあった仲！　無所属ながら書道部の八坂《やさか》ひみちゃんを破るという快挙も成し遂げた美少女！　その名も一宮《いちのみや》エルナちゃん！」

「やめて――――!?　その紹介やめてー！　シグレとの関係性を暴く恥ずかしい紹介されると思ってたよ！　本気で嫌だからやめて――――!!」

私の絶叫で止まるわけもなく、シグレのＭＣと同時に紹介映像が流れ始める。見たくない、何も見たくないよ!?

「これって、何の映像ですか？　本人のですよね」

相変わらず一定の温度を保ったまま聞いてくるトンきゅんだけど、今はそれが冷たいもののように感じられる。

だって、目を覆ったその指の隙間《すきま》から見える限りだけど。私が幼稚園でおゆうぎをしている映像に、小学校の運動会での体操着姿に、クリスマスにサンタのコスプレをしてプレゼントを届けに来たシグレを襲撃して袋ごと奪っている映像。

どれもこれも、今ここで流すような映像じゃ絶対ないよね!?

「エルナは小さい頃からエルナだりゅい……」

「そういう確認はいらないからね!?　こらーっ！　シグレ！　映像すとっぷ――――!!」

我慢できずにステージの上まで駆け上がり、シグレの首を絞めにかかる。

今までの紹介映像にはみんなの反応は歓声だったりしたのに、私の時だけは圧倒的に笑い声だった。こんなキャラが定着するのはヤだ！　大事なアピールの場なのに――‼

シグレの息の根は止まりそうになっていたけれど、当然のことながら急に映像は止まるワケもなく。私の成長記録が大長編で最後まで再生されきってから、この日のイベントは終了したのだった。

＊

そんな騒がしい様子を、広場の隅から眺めていた二人がいた。

ステージやトーナメント表から距離もあり、周囲には他に人の気配はない。

ステージに上がって大暴れする少女を微笑《ほほえ》ましく見守っているのは、帰宅部代表の――御神楽星鎖《みかぐらせいさ》。

彼女がこんなに人の多いところに顔を出すのは、新入生歓迎会以来のことだった。

その隣で能力を発動させて、大きな花の上で正座しているのは華道部代表の湊川貞松《みなとがわさだまつ》。

珍しいものを見た、というように星鎖の微笑みを横目に見てから、彼もステージ上の少女を注視する。

「……相当お気に入りなのかな。……どうして帰宅部に入部させなかったのか……聞いてもいい？」

遠くから聞こえる弾《はじ》けるような喧騒《けんそう》に目を細めながら。どうやって入れたのか、湯のみに入った熱い緑茶をすすりながら、静かに聞いていた。

聞かれた彼女は、どう答えたものかしばらく思案して。

「あの子は人を惹《ひ》きつける〝何か〟を持っているから」

意味深に、けれど確かな口調でこう呟《つぶや》いた。

「――その可能性の先を見てみたかったの」

＊

対戦相手が発表されてからは、とにかく毎日が目まぐるしいばかりだった。

日々が色濃くて、疲れているはずなのになかなか寝付けないことも多くて。

一日が24時間だけじゃ、全然足りない！　なんて思ってしまう。

ルーキー戦前日の今日が、演劇部に通う最後の日。夕日が部室に差して、その眩《まぶ》しさに目を細めた。練習は既に終えて、私は一人で居残って後片付けをしている。誰かに強制されたわけでもない、自分がしたかったこと。

赤間《あかま》君とにゃみりん先輩と熊野《くまの》さん先輩が、演劇部員でもなく、言ってしまえば部外者の私にここまで親身になって講習をしてくれたこと。うさ丸《まる》とトンきゅんも一緒になって、ルーキー戦ではライバルになる私と肩を並べて一緒に頑張ってくれたこと。

今はただ、感謝の気持ちでいっぱいだった。

それを素直に伝えたら、にゃみりん先輩はいつも通りにふにゃっとした笑顔で頭を撫《な》でてくれた。

熊野さん先輩は「演劇部に残ってよ～」と語尾をつけるのも忘れて泣き出してしまった。

うさ丸は、「ルーキー戦トーナメントで勝ち続けて、決勝戦で会おうっス！　くーっ、これは超青春っス！」と爽《さわ》やかに。

トンきゅんは、「新しい部の設立、応援しています。またいつでも遊びにきてくださいね」と、マスクを外して笑いかけてくれた。

彼のマスクの下の顔を見たことがなかったらしい他のみんなは一瞬絶句し、「トンきゅんがトンきゅんじゃないー!?　イケトン!?　イケトンなの!?」と大騒ぎになった。

「豚からというか、トンからどうにかして離れてはもらえないでしょうか。改めて言わせてもらいますと、本名は……」

言おうとしたところで、うさ丸にタックルされて最後まで言葉を発することができない。

「トンきゅんの裏切り者っスー！　なんだかわかんないけど、その素顔は裏切られた気分っスよー！」

しんみりとした空気になったりもしたけれど、最後は笑ってじゃれあって。

初心者講習は……放課後シックスは、無事に終了を迎えた。

そして、練習最後の瞬間には部室を離れてどこかへ消えていた演劇部代表である赤間君を、今は一人待っていた。

他のみんなは、シャワーを浴びにいったり、食事をとりにいったりでこの部室にはいなくなっていた。

「さっきまではあんなに賑《にぎ》やかだったのになぁ」

ぽつり、と呟《つぶや》いてしまう。

毎日大変だったけど、それ以上に楽しかったことばかりが頭をよぎった。

片付けをしていると、ふと部室の片隅に、物陰に隠すようにしてゴリラモチーフのアクセサリーがあるのを発見してしまった。

「……もしかして、にゃみりん先輩が私のために作っておいてくれたのかな。私が演劇部に入るって言い出す、僅《わず》かな可能性のために……？」

心にじんわりと広がるものがあった。私は本当に幸せ者だ。

やっぱり入部したらゴリラの役割を与えられてニックネームはゴリナで決まりだったの

か、と若干微妙な気分にならなくもないけど！

私は自分の部を創部すると決めたから演劇部に入ることはできないけれど、せっかく作ってもらったこのアクセサリーは貰《もら》えないかどうか、次にゃみりん先輩に会ったときに聞いてみよう。うん、そうする！

アクセサリーを手に座り込んでいると、入り口に人の気配がした。

「おつかれさま、だな。今日で放課後シックスは発展的解散的な感じで。おかげで演劇部が明日からちょっとだけ平和になりそーだ」

「赤間《あかま》君……」

いつからそこにいたんだろうか。普段と変わらない言い回しで、赤間君が私の手元にあるアクセサリーを見つめていた。

「……お別れ、みたいなさ。そういう雰囲気が好きじゃないんだ。だから誰もいなくなってから戻ってこよう的に思ってたんだけどね」

誰に向かって言うでもなく、それは独り言のように部室に響いていた。

「お別れなんかじゃないから！　今度は私の部の部員をいっぱい連れてくるから、合同で合宿でもしようよ！　放課後シックスどころか、放課後……ええと、放課後ミリオンくらいの規模でっ」

「いやいや、ミリオンだと１００万人だよ。言葉の響きだけで言ってるでしょ？　ここ、そんな人数入りきらないからね！」

苦笑いしながら指摘してくれる。その目は、初めて会った時よりも幾分か優しくなっているように見えた。

「——一つだけ、さ。一宮《いちのみや》ちゃんに教えてほしいことがあるんだ」

「うん？」

「……一宮ちゃんはさ、気付いてるんでしょ？」

「え？」

笑顔なんてまるで最初からなかったみたいにすっと消して、真剣さを帯びた声色で。

その表情で、私は赤間君が何を言っているのか理解した。

「……なんで、俺の態度が〝演技〟だって気付いた上で、何も言おうとしないの？　……どうして、今までの人間と同じように……俺から離れていこうとしないの？」

自分をわざと傷つけるみたいに。深く抉《えぐ》るように、贖罪《しょくざい》するように、赤間君は言った。

——沈黙が、部室を包む。

……どうして無理しているんだろう、とは思っていた。

赤間君の過去にどんなことがあったのかは、私は知らない。聞き出そうとも思わない。

だから、私にとっての赤間君はミカグラ学園で出会ってから放課後シックスとして時間を共にした、ちょっと不器用な男の子だ。

そんなに深く考えることじゃない、って思う。

深刻に考えすぎだよ、って伝えてあげたかった。

「そんなことに気付いたからって友達じゃなくなったりしないよ？　それに……」

あっけらかんと答える私に、赤間君はただ口を半開きにして呆然《ぼうぜん》としていた。

「——それにね、多分部員のみんなも気付いてるって思うよ？　気付いてるけど、でも全部ひっくるめて赤間《あかま》君だから。そんなところも含めて慕われて、好かれてるんだって思うよ？」

欠落の全くない人間なんて、多分いなくて。それを隠そうとするのは全然おかしなことじゃないんだ。

誰もが無意識に少しずつしていることでもあると思う。それは私だって同じで。

赤間君の場合は、その分量が他の人よりも極端に多いと感じていて、だからこそそこに罪の意識を持っていたようだった。

「……え？　部員のみんなが、気付いて……？　そ、そんなはずは……」

顔から外れかけた不可視の仮面を片手で押さえるようにして、赤間君は狼狽《ろうばい》していた。

そこに、部室の入り口から大勢の部員達が入ってきた。放課後シックスのメンバーを先頭にして、こんなに部員がいたのかと思うほどにたくさん。

「……！」

「遊兎《ゆうと》はさっ。自分が思ってるより、演技がうまくないんだよぉ？　長い付き合いだもん、気付かれてないなんて思ってたのぉ？」

にゃみりん先輩が、いたずらっぽく笑いながら言う。

「そうっスよ！　事情は知らないっスけど、一年のぼくですらわかるっス！　でも、赤間先輩の普段の姿が演技だったとしても、ぼくらが先輩を好きな気持ちはなにも変わらないっス！」

うさ丸《まる》は目の端にじんわりと涙を浮かべながら、熱量を帯びた言葉を発した。

「そんなことを気に病んでたのかっつって！　それで演劇部を離れるようなヤツは、誰一人いないぞっつって！」

熊野《くまの》さん先輩の言葉に、部員みんなが同意するように激しく頷《うなず》いていた。

赤間君はその光景を言葉もなくゆっくりと見回して、情けなさそうに笑った。

「――そっか……。そっかあ……」

それだけどうにか口にして、顔をくしゃくしゃにして泣き笑いしていた。

それは、きっと作り笑顔なんかじゃない赤間遊兎の、素の……純粋な笑顔で。

この透明な涙に、何一つ嘘《うそ》や偽りは含まれていない。私には素直にそう思えたんだ。

部員みんなが赤間《あかま》君の元へと殺到して、もみくちゃにされていた。

もちろん私も一緒になって大騒ぎする。

「……これからは、悲しい夢を見ずに眠れそうな気がする……」

赤間君のその呟《つぶや》きは、喧騒《けんそう》に飲み込まれて誰の耳にも届くことはなかった。

＊

「今日は飲むよー！　ほら、みんな来てるからっ」

ようやく解放されて自分の部屋に帰ってこれたと一息ついていたら、ドアが勝手に開けられた後に飛び込んできた一宮《いちのみや》ちゃんの第一声がそれだった。

「マジで……？」

マジでマジで！　と言いながら、一宮ちゃんの後に続いて続々と入ってくる演劇部員達。

それぞれ私服に着替えているから、わざわざ一度帰ってきてからまた集合したらしい。

さすがに全員が揃《そろ》って来ているようではないけど、いくら部屋が広いとはいえ完全に定員オーバーだ。

「赤間代表はなにを飲まれますか？　ジュースは山ほどありますが」

初めてこの部屋を訪れたはずなのに落ち着き払って勝手に冷蔵庫を開け、ジュースをしまっていくトンきゅん。

「飲むって、ジュースのことかよ……？」

「そうだよぉ。子供なんだからジュースで充分なのっ。ほら、かんぱぁーい！」

にゃみりんが早速缶ジュースのプルタブを開けて飲みながら言ってくる。

「ぷはぁー！」

なんでジュースで酔っ払ったみたいになってるんだ！

他の部員達も各々部屋の中に場所を見つけて、気ままにくつろぎはじめていた。

「……なんだってんだ、ほんと」

あきらめて全《すべ》てを受け入れることにする。好きにしたらいいさ。

いつもは何の音もしないこの部屋に、仲間がいて、笑い声が聞こえてくる。

その事実が、なんだか不思議だった。

「うさ丸《まる》、そのソファーの下とかに隠してない!?　よく見て！　絶対どこかにはあるはずだよ！」

「任せてほしいっス！　赤間先輩も男っスからね！　そういう本の十冊や二十冊は持ってるはずっス！」

一宮ちゃんとうさ丸が堂々と部屋の中を漁《あさ》り、ろくでもない会話をしていたので無言で軽く蹴《け》り飛《と》ばしてやる。

そんなことで、また部屋の中に笑顔が広がっていた。

そんな風にして、どれだけの時間騒いでいたんだろう。

いつの間にか眠ってしまって、俺はまた夢を見ていた。

そのフレーム内には、いつものように弟の姿がある。

「ゆと兄ちゃんは？　ゆと兄ちゃんはなんで一緒にいかないの？　ねえ、なんで？」

「あの子はパパと一緒に暮らすの。ほら、行くわよ」

何度も繰り返し見たシーンだ。もういいじゃないか。これ以上俺を苦しめないでほしい。

思わず目を覆ってしまいたくなるけれど、夢の中の出来事。どうすることもできずにいた。

……けれど、今日の夢には今までにはない続きがあった。

弟との別れ際。それは、実際にあった光景のはずだ。それなのにどうして俺は忘れてしまっていたんだろう。

どうして心のどこかで弟を憎んでしまっていたんだろうか。

「――ゆと兄ちゃん、よくわかんないけどすぐ帰ってくるからね？　帰ってきたらまた、一緒にミラクルマンごっこして遊ぼうねっ」

ただただ人懐っこい笑顔で、小さい癖にずっと俺のことを心配していてくれたんだ。

姿が見えなくなるまで、何度も何度も振り返って、俺を安心させるように笑って。

……祝福されずに生まれてくる子供なんて存在しない、と教えてくれたのは何の物語だっただろう。

それはドラマだっただろうか。それとも小説だっただろうか。

夢から醒《さ》めて、部屋の天井を見上げながらそれを思い出していた。その物語は、弟と一緒にテレビで見ていた、ミラクルマンのストーリーの中のひとつだった。

幻想でしかない、結局のところ創作で……作り物でしかない物語だったけれど。もう一度信じてみてもいいのかもしれない、と思った。

眠たい目を擦《こす》り、ザコ寝している部員を跨《また》ぐようにして鏡の前まで行き、自分の顔を覗《のぞ》きこむ。そして、そこで気がついてしまう。

「──あー、恥ずかし。ブラコンかよ、俺……」

弟の笑顔を参考にしているだけのつもりだった。けれどそうじゃない。俺が理想として演じていたのは、追い求めていたのは。

結局のところ、弟が成長しているであろう姿だったのかもしれない。

不意にまた涙が一筋、ゆっくりと頬《ほお》を伝った。

「泣き虫なところも、弟みたいだな」

でもそれは演じて真似《まね》しているからではないのだろうと思う。

単純に兄弟だから、〝似ている〟だけだ。

涙を袖《そで》で拭《ぬぐ》いながら、周りを見回す。散らかされた部屋で、各自自分の寝るスペースを見つけて大勢が眠りこけていた。

「どこにも……えっちい本がないなんておかしいっス……。赤間《あかま》先輩が好きなのはもしかしたらおと……！　ぐ！」

やけにハッキリとした寝言を言ううさ丸《まる》の鼻をつまんで、苦しませてやる。

そっぽを向かれて、自分だけ遠くへと追いやられる。そんな心配は、もういらないんだとわかった。

……俺は、一人じゃない。

眠っていた場所に戻り、再び目を閉じる。

——夢を見る恐怖は、さっぱり消えてなくなっていたから。

第五楽章　開幕！　ルーキー戦

　とうとう今日がルーキー戦トーナメントの初日。

　膨大な試合数がある上に、〝中間試戦《ちゆうかんしせん》〟と〝期末本戦《きまつほんせん》〟に次ぐレベルの一大イベントということで、ルーキー戦の開催期間中は授業はお休み！

　よって、朝からすぐに第一回戦が開始になるのだった。

「大事な一戦だから余裕をもって望みたかったのに、なんでこんなことになってるわけ～!?　ビミィ、起こすの遅いよ～～～～!!」

「赤間君の部屋にみんなでお泊りしているだなんて聞いてないりゅい！　寝袋の中にいないから、寝ぼけてフラフラとどこかへ歩いていったのかと探しまわったりゅい！」

「うっ、それはごめん……」

　朝の清冽《せいれつ》な空気の中を、全速力でダッシュして指定された試合会場へと向かう。

　そういえば、ビミィに赤間君の部屋にいると伝えるのを失念していたんだった。

「ビミィが来てくれて起きたらさ、赤間君の部屋ににゃみりん先輩と私しか残ってなくてびっくりだったよー。にゃみりん先輩はいくら揺すっても起きる気配がないしさっ」

「三年生だからルーキー戦への出場もないし、平気だりゅい～」

そうだけど、演劇部のみんなの試合を見なくてもいいのかな、見てほしいな。

にゃみりん先輩の応援が力になって実力以上に頑張れてしまう部員なんて、いくらでもいそうだった。イエス、もちろん私も含む。

他のみんなは一足先に赤間《あかま》君の部屋を出て、着替えに戻ったりご飯を食べにいったりしていたみたいだった。

それにしたって、赤間君の部屋だというのに本人までいなくなっているとは思わなかった。

熊野《くまの》さん先輩が書置きのメモを残しておいてくれていたけれど、

『たとえ世界が滅びても起きそうにないから、みんなで先に行ってるっつって！　今日は負けるなよっつって！　熊野さん』

字が女の子らしく丸っこくて可愛《かわい》らしすぎて思わず朝から吹いてしまった。

起きてからすぐに寮に戻って高速で最低限の準備だけして、そしてこうして走っているというのが現状。

一回戦の開始時間が早く設定されている生徒は、もう戦いはじめている時間だった。

学園の敷地内には、露店がたくさん出たりして学園祭のようなお祭りムードが広がっている。空には大きな飛行船が浮き上がり、その側面のモニターにはどこの会場だろうか、試合の映像がリアルタイムで映し出されていた。

本物なのか視覚効果なのか、風船も無数に舞い上がっていくのも見えた。

着ぐるみを着たマスコットが配布しているのは、新聞部製作の号外のようだ。

ベンチに座って端末から投影する映像で観戦する男子もいれば、お目当ての会場へと足早に歩いていく女子もいる。上級生はリラックスして、このルーキー戦を観客側として楽しんでいるようだった。

「ねえねえ、ちょっとたこ焼きだけ買ってきてもいいかなー？」

「良くないりゅい！　端末を見て！　もうすぐ試合がはじまっちゃうりゅい！」

「えーっ。でもでも、たこ焼きだよー!?」

「でもの意味がさっぱりわからないりゅい……」

後ろ髪ひかれる思いだけど、遅刻しちゃったらシャレにならないのでビミィの言う通り我慢することにする。

今日は私は一回戦だけだし、終わってからゆっくり露店巡りすればいっか！

負ける気で戦うつもりは毛頭ないけど、勝っても負けても花袋《かたい》ちゃんと一緒に回りたい。

賑《にぎ》やかなメインの通りを抜けて、時計台を目印に会場へとひた走る。

「エルナ、あれって……赤間君じゃないかりゅい？」

「ん？　どこどこー？」

ビミィが指差しているのは、時計台の屋根の上。手を額にかざすようにして光を遮り、眺めてみた。

「あっ、本当だ！　赤間《あかま》くーん！　教わったことを生かしてがんばってくるからねー！」

随分な高さの場所にいて聞こえるかどうかわからないけれど、とりあえず思いっきり叫んでみる。

赤間君は最初から私の姿に気付いていたようで、軽く手を振ってくれた。

そして、何か言っているのか彼の唇が小さく動く。

「なーにー？　ちっとも聞こえないいんですけど——!?」

不満を込めてもう一度叫んでみると、もういいからはよ行け、というジェスチャーをされた。

なんだっていうんだろう、一体。でも、試合前に顔を見れてよかった。

対抗戦における動き方を本当に一から嫌な顔もせず叩《たた》き込《こ》んでくれたのは、赤間君を筆頭にした演劇部の先輩だ。

最後にダメ押しとばかりにもう一度、背中を押してもらえたような気がした。

「……赤間君の声は聞こえなかったけど、オイラには唇の動きでなにを言ったかわかったりゅい」

ビミィが嬉《うれ》しそうに時計台を見上げて、一人ごちていた。

『ありがとな』

赤間君が囁《ささや》いた言葉は、風に流されて消えていった。

辿《たど》りついた会場は、中世の闘技場を模して一回り小さくしたような建物だった。

数ある会場の中でも観客席が広い部類に入るところらしいと、トーナメントの組み合わせが発表されたときにトンきゅんが教えてくれたっけ。

端末を装置に当てて、受付を済ませてしまう。

「控え室に行っている時間の余裕はないりゅい！　すぐに試合場へ直行しないとまずいりゅい～」

「えぇー、せっかくだから色々見学したかったのに！」

雰囲気のある門を潜《くぐ》って暗いトンネルのような空間を通り抜けるとそこは、

「うわー、何これめちゃくちゃかっこいいよー!?」

「もうここが試合場だりゅい！　オイラも観客席で見てるから頑張るんだりゅい!!」

言い残して、ふよふよと飛んでいってしまった。ビミィもこんな私を甲斐甲斐《かいがい》しくサポートしてくれて、新しい部の顧問までやると言ってくれて。

面と向かっては照れくさくて言えないから、飛んでいく背中に向かって一礼する。

ビミィが飛んでいった先の観客席には、うさ丸《まる》やトンきゅん、そして熊野《くまの》さん先輩の姿もあった。

うさ丸《まる》もトンきゅんも試合は午後かららしいので、その前に応援にきてくれたのだろう。

「いえーい！　精一杯やるから見ててよね――！」

その場で飛び跳ねて投げキッスしてみた。うさ丸はなぜかそれを避けるようなポーズをとって、トンきゅんはマイペースで動じずに。熊野《くまの》さん先輩はなぜか動揺してあわあわと赤面していた。

それぞれに手を振ってから、観客席全体に目を向ける。

同時に他の会場でも試合が行われているはずなのに、一回戦からこんなに観客が入るのかとびっくりしてしまった。

ひみちゃんを中心とした書道部の応援団の姿も見える。

「私に演劇部のみんながついているように、花袋《かたい》ちゃんにも書道部がついてるんだもんね」

背中を押してくれる仲間がいるのは、決して私だけじゃない。

昨日の夜ににゃみりん先輩に許可をとって貰《もら》ってきた、ゴリラをモチーフにしたアクセサリーをポケットから取り出してぎゅっと握《にぎ》り締める。けど、今日に向けて積み重ねてきたモノも、そして想《おも》いの強さも。決して誰にも劣っていない自信があった。

演劇部のみんながいるところに視線を戻すと、演劇部が揃《そろ》っている応援席の方向へ赤間《あかま》君とアスヒ君が並んで歩いている姿が見えた。

何を話しているのかここまでは聞こえないけれど、赤間君がアスヒ君に笑顔を向けているのがとっても印象的で。思わずこっちまで笑顔になってしまう。

二人もこっちが見ているのに気付いて、揃って手振りで合図してくれていた。

突き進めと言わんばかりに、拳《こぶし》を前に突き出して。

「そのメッセージ、確かにいただきましたよー！」

唇をぺろりと舌でなめて、自分の中のモードを切り替える。

試合場には、廃墟《はいきょ》のような建築物が乱立していた。相手のアタックから身を守る盾にもできるだろうし、身を潜めることだって可能だろう。

花袋ちゃんの能力がどんなものかはわからないけど、どんな攻撃をされても対応できるように頭の中で戦略を組み立てていく。

試合開始前から、既に勝負は始まっているといえた。

試合場の中央。障害物もなく小さく拓《ひら》けたその場所に、書道部所属の花袋めいかちゃんは目を閉じて立っていた。

彼女は私の足音に気付いた様子で、立ち尽くしたままに目を開いて微笑《ほほえ》む。

「――わたしは一宮《いちのみや》さんと戦うことを不運だなんて思っていないんですよ？」

「お待たせっ……って、それってどういう意味かな」

「クラスメイトなのに凄《すご》い能力の持ち主で、わたしにとって憧《あこが》れの存在でもあって。でも、書道部に……ひみ先輩に土をつけた仇《かたき》でもあって。だから、いつか戦いたいと思ってました。勝てたら、わたしも壁を一つ越えられる気がして。だから、挑戦できる日がもう訪れてしまった。わたしは幸運です」

「壁だと思ってもらえるのは嬉《うれ》しいけど。この壁、たぶんだけど花袋《かたい》ちゃんが思ってる以上に高いよっ？　さーて、乗り越えられるかな」

言葉を交わしてから互いに歩み寄り、握手をした。

触れた瞬間、花袋ちゃんの小さくて綺麗《きれい》な手に、マメがいくつもできていることに気がついた。組み合わせが決まって握手を交わした時には、こんなものはなかったはず。

私が手のマメに一瞬動揺してしまったのを察したのか、花袋ちゃんはまたにこやかに笑みを浮かべていた。

……そうだ、努力してきたのは自分だけじゃない。

手を離して、また少しだけ距離をとる。端末からは、試合開始まで残り十秒という音声案内が聞こえてきた。

「期待値は確認しましたか？　わたしと一宮《いちのみや》さんでは比較にならないくらい、一宮さんが優勢と予想されてるんですよ」

花袋ちゃんはひみちゃんが持っているのよりも一回り小振りな筆を出現させて、くるりと後ろを向いてしまった。そして、顔だけこちらに向けて言葉を続けた。

「これで下馬評を覆してわたしが勝ったら、とっても盛り上がりますよね？　一宮さんが負けたら……えへへ、恥ずかしいですよ？」

可愛《かわい》らしい声色で、挑発するように。

「ううん。私が華麗《かれい》に初戦を勝ち抜くことで盛り上げてみせるよ、花袋ちゃん」

言い返したところで、戦闘開始の合図が鳴った。それと同時に試合場には結界が張られ、観客席からの声援が届かなくなる。

結界の中で空を見上げると、どんよりと曇った天候に変わっていた。今にも雷が落ちてきそうな空模様だ。

これも結界の中だけのことで、外はさっきまでと変わらず晴れ渡っているはずだった。隠れる場所はいくらでもあるけれど、ひみちゃんの時のような作戦で挑むつもりはなかった。

――まずは正攻法で、真正面から今の力を試してみたい。

開始の合図と同時にバックステップで後ろに下がる花袋ちゃんを追うようにして、廃墟《はいきょ》の柱へとジャンプ。その柱を片足で蹴《け》り飛《と》ばし、三角飛びのようにして花袋ちゃんの頭上へと一気に迫った。

「つーかまーえたっと!!」

言いながら、花袋ちゃんの周囲に浮かぶクリスタルの一つに狙《ねら》いをつけて空中で横回転し、おもいっきりサイドキックを放つ。

「そう来ると思ってました……よっ！」

花袋《かたい》ちゃんは掛け声と共に筆を振り、キックの勢いを殺すように流麗に受け流した。クリスタルにまで攻撃は届かず、離れたところに着地する。

「ありゃー。言うだけのことはあるね、花袋ちゃん」

「一宮《いちのみや》さんも流石《さすが》です。飛んでくるのは読んでいたのに、カウンターでクリスタルを狙《ねら》えるスピードじゃありませんでしたからっ」

さて、この次の一手はどう指してくるか。試合場を大きく使って逃げ回るようなら最短距離を測ってどこかで捉《とら》える。地形を利用して隠れるようなら、あせらずに持久戦も考えていた。

けど……。

「逃げも隠れもしませんよ。残念ですけど、私の基礎体力が大きく劣っているのは間違いない。だから、動けるうちにっ……！」

低い姿勢で筆を構えて走ってきたかと思うと、横凪《よこな》ぎに私の足元へと迷いなく振るった。

「下なのっ⁉　そんなところにクリスタルはないけど……？」

真《ま》っ直《す》ぐに向かってきたのには虚をつかれたけど、なんのフェイクも入っていないその一閃《いっせん》を回避するのは容易だった。

側面に宙返りして避けて、そこから反撃に移る。けど、回避されることが前提の攻撃だったことに気付く。

「この間合いが欲しかったんです！　アイテムがない一宮さんと、リーチのある筆を武器にするわたし。この距離なら、わたしに圧倒的に分があるはずですっ」

回避した着地までの間にもまたグンと距離を詰めて、間髪いれずに筆を槍《やり》のように突き出してくる。

「――はやいっ⁉」

その速度は予想以上に早く、回避するのに精一杯でまるで距離をとることができない。

かといって、こちらから花袋ちゃんのクリスタルにはどれだけ足を伸ばしても届きそうにない。

「なるほど、これが狙いだったってわけっ！」

「この間合いにどうやって持ち込むか。それだけを考えて挑みました。もうこれ以上近づかせないし、離しもしませんよっ」

言葉の通り、ある一定の距離以上は詰めさせてくれない。思い切って離れようとするとクリスタルに向けて鋭い一振りが飛んでくる。ドツボにハマっている状態といえた。

ただ、打つ手が全くないわけじゃない。犠牲は伴うけれど、打開する策は既に浮かんでいた。あとはいつ実行に移すかだけ。

しばらくは一定の距離を保って、打撃の応酬が続いていた。

一瞬の油断でクリスタルは壊されてしまう。体力的にも消耗していく。けれど。

「――あはっ、楽しいねっ！　花袋《かたい》ちゃん!!」

こんなにも真剣に戦っているのに、二人の表情は笑顔だった。

「そうですねっ。でも、楽しいままでこの試合を終えるために。勝つのはわたしですっ！」

花袋ちゃんが叫ぶと同時に、思い切り体ごと回転して筆を振り回してきた。

「ひえー、あぶなっ!!」

クリスタルに当たる寸前で拳《こぶし》を当てて方向を変える。時間が経過すればするほど、筆のリーチが長く伸びているように感じられた。

花袋ちゃんは、きっとこの戦闘の中でも凄《すご》い勢いで成長していて。

怖くもあるけど、それよりも嬉《うれ》しさの方が勝っている。

ただ、この膠着《こうちゃく》状態が続いてデメリットがあるのは明らかに私だ。犠牲を覚悟してでも動かなくちゃ！

「いつまでも花袋ちゃんの好きなようにはさせないからっ！」

「回避……しないつもりですか!?」

クリスタルを目掛けて振りかざされる筆をあえて避けずに、花袋ちゃんの懐に飛び込む。

私のクリスタルが一つ、勢いよく割れる音が響いた。けど、これは必要な犠牲。

防御を省みずに飛び込んでいくことで、保たれていた距離は一気に縮む。花袋《かたい》ちゃんが慌ててガードに戻そうとした筆の振り返しは間に合うわけもなく、逆に一つクリスタルを手掴《てづか》みにして壊すことに成功した。

これで互いに一つずつクリスタルを壊したことになる。

「よしっ！　もうあの間合いにはさせないからねー！」

くっついて離れなければ、筆を大きく振り回すこともできない。連続でクリスタルの破壊を狙《ねら》うけれど、筆の持ち手の部分を駆使することでどうにかガードされてしまっていた。

さっきまでが花袋ちゃんのペースなら、今度は間違いなく私のペースに持ち込めていた。

これを崩されなければ……勝てる！

ほんの少しだけ気の緩みが出てしまったその刹那《せつな》。

「できればこれを使わずに勝てたらと思ってましたが。そんなに甘くはなかったですね」

花袋ちゃんが筆を使って、その場で中空に文字を描《か》くように踊る。これは……この技は、どこかで見たような？

「――これって……まさかひみちゃんのラブリーインクっ⁉」

間合いを気にしている場合じゃないと青ざめて、一気に距離を離す。

文字を描く動きを継続しながら、花袋ちゃんは言った。

「いいえ、ひみ先輩から伝授していただいたのは間違いありませんけど。わたしの能力の名前は違います！」

そういえば、うさ丸《まる》が言っていた。

能力を得るには、先輩から伝授してもらうという方法もあると。

その場合は先輩程の能力にはならないということで、あまり活用している生徒はいないのだと。

「食らってください！　〝キューティーインク〟！」

筆で描かれた無数の筆跡から、文字を象《かたど》った黒いシルエットが具現化していた。そこだけ見たら、ひみちゃんとまるで同じ技に見える。けれど、大きく異なる点があった。

「なっ、数が多すぎでしょこれぇぇぇぇぇ――――!?」

ひみちゃんのラブリーインクより一つ一つの駒《こま》は小さいものの、それをカバーするように膨大な数の文字が描かれて飛来してきていた。

「駒に描かれてる文字は……　〝桂馬《けいま》〟!?　桂馬ってどういう動きの駒だっけ――――!?」

将棋をほとんどやったことがないから全くわからない！　規則性のない動きにしか見えない駒が、私のクリスタルを目掛けてバラバラに向かってくる。

廃墟《はいきょ》の壁などを利用してそこにぶつけるように誘導していくものの、いくらやっても数が減っていかない。

それもそのはず、

「逃げている間も、私はずっと駒《こま》を生み出し続けますよ！」

花袋《かたい》ちゃんはこうしている瞬間も新たな〝桂馬《けいま》〟を描《か》き続けていた。なんでそればっかりなのかは大いに疑問だけど、まだそれしか使いこなすことができない、とかかな？

「――って、まずっ!!」

花袋ちゃんに気を取られている間に、回避しきれずに文字が私のクリスタルに直撃していた。

――残るクリスタルは一つ！

駒は現在進行形で増殖を続けながら私に向かって飛んでくる。

……冷や汗が出た。絶体絶命だった。

「このまま決めます！　書道部のために！　そしてわたしにこの能力を伝授してくれたひみ先輩のために！」

花袋ちゃんは私のクリスタルが残り一つになったのを確認してなお、油断することなく駒を描く速度を更に速めていた。

ここまで追い詰められたら、私にとれる手段はこれしかない。

「思い出せ、思い出せっ！　何度も赤間《あかま》君と繰り返した練習を。いつでも思うように上手《うま》く撃てるようになったわけじゃない。けど、今ならできる気がするッ……!!」

３６０度の方向から飛んでくる攻撃を夢中で回避しながら、人差し指を立て、それを銃に見立てて構える。

「まさかっ……？　あれはあの時だけしか成功しなかったはずじゃ……？」

花袋ちゃんは驚愕《きょうがく》に目を見開いた。その通りだ。ううん、その通りだった、と言うべきかもしれない。

初心者講習の時間の中で、空いた時間があればひたすらに試していた。どうすればあの時のように成功するのか。赤間君の協力を得て、発動した時の感覚を思い出しながら。

アクロバティックな動きで〝桂馬〟を回避しながらでも、それでもまるで集中力が途切れることはなかった。これも訓練の賜物《たまもの》だ。放課後シックスのみんなの顔を思い浮かべて、改めてもう一度感謝した。

――端末が激しく点滅し、能力の発動を告げるように文字が表示された。

『能力：オモチャの銃』

指先に迸《ほとばし》るような熱量を感じる。あの時と同じ。ううん、それ以上のパワーを!!

「きたきたきたぁぁぁぁぁッッッ!!　いくよ花袋《かたい》ちゃん、テンションMAX!　いっけぇぇぇぇぇぇぇぇぇぇぇッッッッ!!!!!!」

駒《こま》を回避するために思い切り跳躍し、空中から放った光の弾丸はあっという間に花袋ちゃんの元に到達し、主人を守ろうと戻る駒達を嘲笑《あざわら》うかのように一瞬にしてクリスタルを破壊し尽くしてしまった。

「む、無茶苦茶《むちゃくちゃ》すぎです……」

花袋ちゃんは唖然《あぜん》としてその場にぺたんと座り込んでしまっていた。

一撃放った後も、まだ指先のエネルギーは収まる様子がない。

もう一度今度は真上に向けて指先を向けて、

「おまけにもう一回!　だだだだッッッッ!!!!!」

試合終了と同時に結界が消えたばかりの青空に向けて思いっきり撃ち放った。

光の弾丸は雲を突き抜けて、見えないところまでどこまでも舞い上がっていく。

気持ちいい！　これたまらなく気持ちいいんですけど!?

我に返って周囲を見回すと、観客の大声援が耳に飛び込んできた。

それで、ようやく勝利を実感する。

「ヤバかったぁ……。負けるかと思ったよー!!」

座り込んでしまっている花袋ちゃんを助け起こして、そのまま握手する。観客席からは、盛大な拍手が響き渡っていた。

本当に、いい勝負だったと思う。

まさかあんな能力まで身につけてるなんて思ってもいなかったし。

一朝一夕でどうにかなることでもないはずだ。

きっと血の滲《にじ》むような努力をしたんだと思う。

「……えへへ、負けちゃいました。わたしなりに頑張ったつもりだったんですけど、足りませんでしたねっ」

「そんなことないよー！　私の方こそ、まだまだ力不足だなって思わされたよ。最後のアレがなかったら、どう転んでも負けてたんだから……」

謙遜《けんそん》でもなんでもなく、心底そう感じた。能力が発動したからいいようなものの、不発だったら一回戦敗退だ。

「――でも、約束通り全力は出し切れたので悔いはないです。優勝してくださいね、一宮《いちのみや》さんっ！」

「うん！　……でも、あと何回勝ち上がれば優勝なのー!?　やれるだけやるよっ、もっともっと訓練しなきゃ――――！」

花袋《かたい》ちゃんは丁寧《ていねい》に一礼して、観客席に何度も何度も頭を下げて試合場を出て行った。その姿を見送ってから、自分に言い聞かせるように呟《つぶや》く。

見えないように俯《うつむ》いていたけれど、その目にはじんわりと涙が浮かんでいた。その姿を見送ってから、自分に言い聞かせるように呟《つぶや》く。

「優勝……したいな。ううん、しなくちゃねっ！」

観客席の傍《そば》に駆け寄って、応援してくれていたみんなに喜びを伝えた。

「応援ありがと――――!!　見てた!?　勝ったぞ――――!!」

演劇部員だけじゃなく、なぜか関係のない生徒達も興奮気味で「うぉぉぉぉぉ!!」と喜んでくれた。え、なにこの状況。

「ぼくのライバルと認めただけのことはあるっス！　あんな必殺技羨《うらや》ましいっス～!!」

うさ丸《まる》はぴょんぴょん飛び跳ねて大はしゃぎで。

「あんまり冷や冷やさせないでください。熊野《くまの》さん先輩が心配しすぎて大変なことになっていましたよ」

「なっ、大変なことになんてなってないっつって！　落ち着き払って観戦してたっつって!!」

トンきゅんと熊野さん先輩はいつも通りの空気で出迎えてくれて。

「おはよぉー。あれ、もう終わっちゃったのぉ？」

にゃみりん先輩は今頃到着するというマイペースっぷりで。そして、赤間《あかま》君は。

無言で親指を立てて、笑いかけてくれていた。その隣でアスヒ君も真似《まね》るようにして、慣れない感じで親指を立てているのが嬉《うれ》しかった。

ルーキー戦のトーナメントはまだまだ続いていく。

そこにいる優勝候補筆頭のアスヒ君と戦うには、組み合わせ的に決勝戦まで勝ち上がらないといけなかった。


「アスヒ君、決勝戦まで負けないでよねーっ⁉」

びしっと告げて、よーし！　と気合を入れる。

そして試合場を出てみんなのいる観客席へと走り出す。

――このルーキー戦というイベントが、演劇部のように素敵な仲間ができるきっかけに繋《つな》がることを信じて。


――その時私の頭の中には、すでに新しい部のアイディアが、浮かんでいた。

あとがき

Ｌａｓｔ Ｎｏｔｅ．です。どうにか2巻をお届けする事ができました。1巻の最後に『2巻は秋発売予定だよ！』と堂々と、特大の文字でデデンと告知されていた気がするんですが、僕はなぜかコタツの中でヌクヌクとしながらこれを書いています。言い逃れできないレベルで冬です。外を歩いている人々はみんなコートを着込んでいます。完全に真冬です。不思議ですね。世の中色々な事がありますね。

一人暮らしなもので食生活はコンビニによって大部分を支えられているんですが、どうも近所のコンビニの僕への過保護《かほご》っぷりが度を越しているような気がして仕方ありません。この前はカップラーメンを一つ買っただけなのにワリバシが4本も入ってました。僕はどれだけワリバシを割るのがヘタなヤツに見えるんだ⁉

「この顔は3本くらいは割るの失敗しそうだな……。4本入れとくか」

みたいな見極《みきわ》めがレジを通す一瞬でなされてるのか⁉　隣のレジに並んでいるサラリーマンに渡すワリバシが1本だけなのはなぜなんだ⁉　そのサラリーマンは〝ワリバシ割るの上手《うま》そう顔〟なのか⁉

先日はとうとう、ウイダーインゼリーを一つ買っただけでストローがついてきました。こうなったらもう末期《まっき》です。吸えます！　なくてもチューチューと吸えますから！　そのくらいのパワーはありますので！

お弁当を買ったりしたらもう大変。毎回ビニール袋に一緒におしぼりが5個程突っ込まれています。

サンドイッチやお弁当を複数個買ったりしたら、ヤケクソのようにおしぼりも15個くらい入ってます。「ここにある分は全部入れとけ！」くらいの勢いです。

多い、多いよ!!

ここのコンビニの店員さんはどんだけ僕の手が汚れてると思いこんでいるのか！　いくらなんでも拭かせたがりすぎだから!?

僕の手が泥だらけの状態でレジに行ったとかでもないと辻褄《つじつま》が合わない状況です。どんなシチュエーションなんだそれ。泥遊びした後の子供かよ。

一人の店員さんが特殊でそういう風にしてくるわけじゃなくて、どの店員さんに当たってもそうなるから凄《すご》い……。

一番ビックリしたのが、つい昨日の出来事。肉まんだけしか買っていないのに、スプーンとフォークと紙ナプキンが入っていました。

僕はどこの貴族なんだよ……。どこの血筋《ちすじ》を引く者なんだよ……。肉まんぐらい普通にかぶりつけるよ……。

今後も長い付き合いになると思われる近所のコンビニ。僕をどこまで甘やかすつもりなのか注目していきたいと思っています。

ミカグラ学園組曲の物語もようやく今回の第2巻で本格的に動き始めて、バトル物たしくなってきたのかなーと思います。

それぞれのエピソードが少しずつ〝組曲〟として一つの流れに折り重なっていきます。楽しんで書いていきますので、これからどういう展開を見せるのか期待してもらえたら嬉しいです！

富士見ファンタジア文庫より『セツナトリップ』の小説が２０１４年2月に発売になります。

そちらは原作と監修を担当していて、執筆は別の方になるのですがとても良い仕上がりになっています。あの曲がどういう内容の小説になるんだろう!?　と気になる方は是非読んでみてください。

ミカグラ学園組曲の公式サイトができました！　僕の twitter の最新の呟《つぶや》きがトップペ

ージに表示されるような仕組みになっていて、なかなかの羞恥《しゅうち》プレイです。僕を辱《はずかし》めるつもりでアクセスしてみてください。

http://mikagaku.com/

Last Note.

ミカグラ学園組曲 2巻
発売おめでとう
ございます！

今回もイラスト担当させて頂きました明菜です。
赤間くんの話は個人的にとても気になっていたので楽しみでした…!!
この子可哀想で可愛いです。可愛いです。

ありがとうございました〜

明菜

コミック版『ミカ学』①発売中なのだ!!
ミカグラ学園組曲
沙雪
原作 Last Note.
キャラクターデザイン 明菜
コミックス①巻
大人気発売中!!
定価552円(税別)
MFコミックス
ジーンシリーズ
月刊コミックジーンにて超人気連載中!!!

特報
第3巻
発売決定!!

――果たして、
ルーキー戦の
行方は!?
ミカグラ学園組曲
2014年春

MF文庫J

ミカグラ学園組曲2
無気力クーデター

発行 | 2013年12月31日 初版第一刷発行

著者 | Last Note.
発行者 | 三坂泰二
編集長 | 万木壮
発行所 | 株式会社 KADOKAWA
〒102-8177 東京都千代田区富士見2-13-3
03-3238-8521（営業）
編集 | メディアファクトリー
0570-002-001（カスタマーサポートセンター）
年末年始を除く 平日10:00～18:00まで
印刷・製本 | 株式会社廣済堂

Printed in Japan ISBN 978-4-04-066070-7 C0193
http://www.kadokawa.co.jp/

【ファンレター、作品のご感想をお待ちしています】
〒150-0002 東京都渋谷区渋谷3-3-5 NBF渋谷イースト
株式会社KADOKAWA MF文庫J編集部気付「Last Note.先生」係 「明菜先生」係

INFORMATION

ダイス・マカブル
～definitional random field～
01. 否運の少年

好評発売中

著者：草木野鎖　イラスト：ふしみ彩香

確率を統べる、新感覚ダイス・アクション！

お祝いコメント

Congratulations Comments

なんとなく四コマ
「エルナの日常」

祝!!2巻目!!

どーも。小説書いてない方の
ラストノートTです。
前回、相棒が呼んでくれ
なかったので、今回無理矢理
入れてもらいました!(笑)
次回もあるなら呼んで!!
お願い!!

Last Note T

お祝いコメント
Congratulations Comments

ミカグラ学園組曲
無気力クーデター
発売おめでとうございます。

コミカライズを担当
させていただいてます
沙雪です。
Last Note.先生の素敵な
小説をより面白く漫画で
伝えていけるよう頑張ります!

沙雪